Karl Hampe

Kaiser Friedrich II.

Karl Hampe

Kaiser Friedrich II.

ISBN/EAN: 9783743683747

Hergestellt in Europa, USA, Kanada, Australien, Japan

Cover: Foto ©Raphael Reischuk / pixelio.de

Weitere Bücher finden Sie auf **www.hansebooks.com**

Die Geschichte des Mittelalters liegt dem modernen Menschen bereits so fern, daß er mit Ruhe an sie heranzutreten und sie nach ihren eigenen Bedingungen, nicht nach den Bedürfnissen der Gegenwart zu schätzen vermag. Wo ihm das trotzdem nicht gelingt, wo sein Urtheil schwankt, da liegt die Schuld in den meisten Fällen weniger in seiner Voreingenommenheit oder Parteileidenschaft, als in der Dürftigkeit und Einseitigkeit der Überlieferung. Nur wo er auf den großen Kampf zwischen Staat und Kirche stößt, empfindet er sofort, daß er es mit einer noch nicht abgeschlossenen Entwicklung zu thun hat, in der von der Geschichte

¹) Wie außerordentlich viel ich in dieser akademischen Antrittsrede, die beim Vortrage selbst stark gekürzt werden mußte, den Arbeiten meiner Vorgänger auf diesem Gebiete — außer den im folgenden Genannten erwähne ich hier noch Amari, Toeche und Reuter — zu verdanken habe, wird der Kenner unschwer merken, und auch die große Mehrzahl der Belege wird er in den einschlägigen Werken leicht finden; darum glaubte ich nur wenige Noten hinzufügen zu sollen, namentlich wo es sich etwa um noch nicht verwerthete Quellenstellen handelt. Einiges Neue hoffe ich aber, auch abgesehen von den beiden hier zum ersten Mal benutzten Briefen, doch zu sagen, und insbesondere schien es mir an einem anschaulich zusammenfassenden Gesammtbilde noch immer zu fehlen. Erst nachdem ich den Vortrag vollständig ausgearbeitet hatte, kam mir die von A. Dove 1886 gehaltene, erst jetzt veröffentlichte Rede „Kaiser Friedrich II." (Ausgewählte,

das letzte Wort noch nicht gesprochen ist. Welchen Maßstab soll er anlegen? Darf er aus seiner persönlichen Überzeugung heraus urtheilen?

Von den führenden Geistern in diesem Kampfe ist keiner — selbst nicht Gregor VII. — so heiß und dauernd umstritten wie Kaiser Friedrich II. Haß und Bewunderung seiner Gegner und Anhänger haben sich mit kaum verminderter Schärfe durch die Zeiten des ausgehenden Mittelalters, der Reformation und Gegenreformation hindurch fortgepflanzt bis in unser Jahrhundert. Endlich hat man doch auch hier den Versuch einer wirklich wissenschaftlichen Begründung gemacht. Es ist eine eigenthümliche Fügung, daß das Hauptverdienst daran eben dem Manne zukommt, der von seinem einseitig kirchlichen, nationalen und moralischen Standpunkte aus das allerhärteste Verdammungsurtheil über den Staufer glaubte fällen zu müssen: Johann Friedrich Böhmer. An ihn wird noch heute jeder ernsthafte Versuch einer Charakterisirung Friedrich's II. anzuknüpfen haben. Er hat im wesentlichen auch die Auffassung des großen Sammlers Huillard=Bréholles bestimmt, der freilich leidenschaftsloser urtheilte und auf Grund umfassenderen Materials dem Bilde des Kaisers neue Züge einfügte. Wenn dann auf der Gegenpartei Gelehrte wie Schirrmacher und Winkelmann Friedrich ebenso nachdrücklich in Schutz nahmen, so haben zwar auch sie die Erkenntnis mannigfach gefördert, aber doch nicht so sicheren Baugrund geschaffen, daß die Einsichtigen aus beiden Lagern sich auf ihm zu gemeinsamer Weiterarbeit hätten zusammenfinden können. Es galt zunächst auf dem Wege Böhmer's und Huillard's fortzuschreiten, das von ihnen gesammelte Quellenmaterial nach allen Seiten zu ergänzen und

Schriftchen, Leipzig 1898, S. 20—36) in die Hand. So erfreulich mir nun auch die Ähnlichkeit der Gesammtauffassung und die Übereinstimmung in vielen Einzelheiten ist, so glaube ich bei der völlig verschiedenen Anlage doch, daß meine Arbeit neben der seinigen Existenzberechtigung hat. — Übrigens kann es natürlich nicht meine Absicht sein, meine Auffassung Friedrich's hiermit ein für alle Mal festzulegen. Weitere Forschung auf diesem Gebiete wird mir gewiß Anlaß geben, das Bild zu bereichern und vielleicht auch in manchen Zügen zu verbessern.

gerade an den neuen Funden die Richtigkeit der bisherigen Auf=
faffungen zu prüfen. Dabei kamen jo grundverjchiedene Gelehrten=
naturen wie Nißjch, Lorenz und Ficker, wenn ich nicht irre, darin
doch überein, daß man bei einer zu weit gehenden Zergliederung
und kleinbürgerlichen Beurtheilung der perjönlichen Eigenjchaften
des Kaijers in Gefahr gerathe, jeine welthijtorijche Bedeutung
aus dem Auge zu verlieren. Die Arbeiten der letzten Jahrzehnte
befaffen jich denn auch vorwiegend mit dem Politiker Friedrich.

Das große Werk der Zujammenraffung des Materials ijt
nun mit der Neubearbeitung der Böhmer'jchen Regejten zu einem
vorläufigen Abjchluß gekommen, einem vorläufigen, denn noch
bringt uns jedes Jahr neue Funde jelbjt an Urkunden, und für
die Zukunft jind namentlich aus Briefjtellern Ergänzungen zu
erhoffen. Die außerordentlichen Verdienjte Ficker's und Winkel=
mann's um Sammlung und Sichtung — wahrlich keine Kärrner=
arbeit — können hier nicht eingehend gewürdigt werden. Jener
ijt zu einer eigentlichen Darjtellung nicht gekommen, wenn auch
jeine Vorbemerkungen zu der neuen Ausgabe der Regejten un=
jtreitig das Bedeutendjte enthalten, was bisher über Friedrich
gejagt worden ijt. Winkelmann, der in den Jahrbüchern der
deutjchen Gejchichte, oft mit jcharfer Kritik jeines Jugendwerkes,
das Leben des Kaijers etwa bis zur Mitte jeiner Regierungszeit
auf's neue erzählt hat, lieferte darin zu einer Charakterijtik jeines
Helden zwar wichtige Beiträge, fand aber zu einem zujammen=
faffenden Bilde bis dahin nicht Gelegenheit. Von jonjtigen Be=
urtheilungen Friedrich's erjcheint mir vor allem diejenige Ranke's
in jeiner Weltgejchichte beachtenswerth.

Die bejonderen Schwierigkeiten einer Charakterjchilderung
diejer aus Gutem und Schlimmem jeltjam gemijchten, widerjpruchs=
voll erjcheinenden Perjönlichkeit hat niemand jchärfer betont als
ihr bejter Kenner Julius Ficker. Trotzdem darf es nicht an
immer neuen Verjuchen dazu fehlen, wenn man dem Urbild damit
auch nur um wenige Schritte näher käme. Auch hierfür ijt das
Quellenmaterial, das übrigens für einen mittelalterlichen Menjchen
in ungewöhnlicher Fülle vorliegt, nach Kräften zu mehren und
zu prüfen. Vor allem aber wird man gerade bei einem jolchen

1*

Versuche gut thun, sich des sittenrichterlichen Urtheils zu enthalten,
und wenn Goethe von der dichterischen Darstellung verlangt, daß
sie des didaktischen Zweckes entbehre, so gilt das wohl auch von
der geschichtlichen: „Sie billigt nicht, sie tadelt nicht, sondern sie
entwickelt die Gesinnungen und Handlungen in ihrer Folge, und
dadurch erleuchtet und belehrt sie."

Friedrich und Roger sind die Namen, die Friedrich II. in
der Taufe empfing. Sie umspannen zwei ganze Welten, und
die Bedeutung, aber auch das Schicksal ihres Trägers liegt in
ihrer Vereinigung beschlossen. Friedrich Barbarossa und König
Roger sind die hervorragendsten Vertreter zweier Herrscher=
geschlechter, denen an Glanz während des gesammten Mittelalters
nur ganz wenige an die Seite zu stellen sind. Der ideale Schwung,
das nach dem Höchsten zielende ruhelose Streben, die geniale
Kombinationsgabe und Spannkraft der Staufer verbanden sich
hier mit dem realen Sinn, dem echt staatsmännischen Verwaltungs=
talent, dem Bildungseifer und der Genußfreudigkeit der Söhne
Hauteville's. Unter den Staufern ähnelt Friedrich weniger seinem
Großvater als vielmehr seinem Vater Heinrich VI., und mit dessen
leuchtenden Herrschergaben hat er auch von seinen düsteren Eigen=
schaften, der Leidenschaftlichkeit, Gewaltthätigkeit, Treulosigkeit
und Verschlagenheit, nur zu viel ererbt. Seine Mutter Konstanze,
bedeutend älter als ihr Gemahl, stand bei der Geburt ihres
Sohnes bereits im 41. Jahre. Über ihre Persönlichkeit wissen
wir wenig mehr, als daß sie ganz und gar Sicilianerin war und
von dem Verdachte, im nationalen Interesse eine Verschwörung
gegen ihren Gatten gefördert zu haben, nicht freizusprechen ist.
Ohne Herrschertalent war wohl auch sie nicht, vor allem aber
hat sie die Gaben ihres Vaters Roger II., des großen Gesetzgebers
und Verwaltungsgenies, des verständnisvollen Förderers der
Wissenschaften und Künste, auf ihren Sohn vererbt.

In der That, geht man die Züge, aus denen sich das Wesen
Friedrich's zusammensetzt, einzeln durch, so findet man für jeden
in den Naturen Heinrich's und Roger's mindestens Ansätze. Aber
so ist es freilich nicht, daß schon eine derartige Analyse seine
Individualität ganz begriffe. Denn nicht nur in dem unerhörten

Reichthum des Nebeneinander, auch durch das Zusammenwachsen der verschiedenen Elemente ist doch ein Neues entstanden. Um nur eins herauszugreifen: wenn Heinrich in seiner Politik bedeutenden Scharfblick zeigt, wenn Roger sich mit Eifer den exakten Wissenschaften widmet, so bringt Friedrich, indem er deutschen Scharfsinn mit normannischer Wissensfreude verbindet, als skeptischer Philosoph zu den höchsten Problemen der Metaphysik.

Für die Entwicklung dieser reichbegabten Individualität, für ihre Richtung und Färbung sind nun Umgebung und Schicksale der Kindheit in hohem Grade bestimmend gewesen. Von Alters her hatte Sicilien infolge seiner centralen Lage im Mittelmeer und seiner bunten Völkermischung eine hervorragende Rolle in der Geschichte der Civilisation gespielt. Diese Bedeutung steigerte sich noch, als die Sarazenen die Insel eroberten und sie zu einem Bindeglied zwischen den Kulturen des Orients und Occidents machten. Vor reichlich einem Jahrhundert war sie nun von den Normannen dem Christenthume zurückgewonnen, aber von der mohammedanischen Bevölkerung natürlich nicht befreit. Ihre mannigfach überlegene Kultur hatte die Sieger in ihren Bann gezwungen. In der Hauptstadt Palermo, wo Friedrich von seinem vierten Lebensjahre ab seine ganze Kindheit verbracht hat, war ihre Zahl beträchtlich; noch lebten sie auf den Bergen der Umgegend in voller Freiheit. Allenthalben spürt man den Einfluß mohammedanischer Sitte und Unsitte. Die hohen Vorstellungen, welche sie, wie auch die Griechen, der königlichen Gewalt entgegenbrachten, haben sich die Normannenherrscher offenbar gern zu Nutze gemacht, um den Glanz ihrer Stellung zu steigern. Das Hofceremoniell erhält einen theokratischen Anstrich; der König wird als „verehrungswürdig und heilig" bezeichnet. Sarazenen bekleiden wichtige Ämter in der Armee, der Verwaltung und dem persönlichen Dienste des Herrschers. Der Pomp, mit dem er auftritt, erinnert an den orientalischer Despoten; eine Negertruppe mit mohammedanischem Hauptmann umgibt ihn; in dem Krönungszuge Wilhelm's II. erblickt man beturbante Trompetenbläser und maurische Musikanten mit Zymbeln und Pauken. Rings um Palermo dehnt sich ein Kranz der reizvollsten Lust-

schlösser „wie ein Band um den Hals einer Schönen", schreibt
ein mohammedanischer Reisender. Wasserreiche Gärten und Parks
mit Jagdwild und allerlei seltenem Getier schließen sich daran.
In den Palästen entfaltet sich eine üppige Pracht. Die Stellung
der Frauen sinkt unter dem Einfluß mohammedanischer Vor=
stellungen, in Palermo gehen sie verschleiert wie die Sarazeninnen,
wir finden Eunuchen als Kämmerer der Königin; ein Harem mit
mohammedanischen und christlichen Weibern steht dem Herrscher
zur Verfügung. Aber auch werthvollere Gaben bringen die
Sarazenen, sie vermitteln noch ungekannte Schätze der altgriechischen
Literatur. Eifrig wird deren Übersetzung betrieben; es wird
lateinisch, griechisch, französisch, arabisch gesprochen, mohammeda=
nische Sänger tragen dem Könige ihre Lieder vor, und in diesem
geistigen Austausch bahnt sich unwillkürlich das an, was Christen=
thum sowohl wie Islam grundsätzlich ausgeschlossen hatten:
religiöse Toleranz. Neben dem römisch=katholischen Christen übt
in Palermo der Grieche seinen Kult, betet der Mohammedaner
in seiner Moschee, der Jude in seiner Synagoge. Antike Säulen
tragen in den christlichen Kirchen maurisch geschwungene Bögen
mit maurischem Ornament, feierliche byzantinische Gemälde schauen
dazu von den Wänden. Eine der zahlreich dort vorkommenden
arabischen Inschriften verbindet Verse des alten und neuen Testa=
ments mit denen eines altgriechischen Hymnus. Indem der christ=
liche Gott arabisch durch „Allah" wiedergegeben wird, vermischt
er sich unwillkürlich mit dem des Islam. Die normannischen
Könige bleiben zwar gut katholische Christen, aber sie dulden doch
stillschweigend die mohammedanische Religionsübung selbst vor
ihren Augen, und es klingt wenig mittelalterlich mehr, wenn
Wilhelm II. die sarazenischen Weiber und Diener seines Palastes,
die bei einem Erdbeben zu Allah und dem Propheten flehen und
beim Anblick des Königs erschrecken, anredet: „Möge jeder von
euch den Gott anrufen, welchen er verehrt; wer an seinen Gott
glaubt, dessen Herz ist ruhig."

Den Zustand dieser Kultur, der hier nur angedeutet sein
soll, hat man bei der Beurtheilung der Sitten und Anschauungen
Friedrich's II. immer noch nicht genügend berücksichtigt. Vielleicht

wird uns eine gründliche Durchforschung der normannischen Ge=
schichte im 12. Jahrhundert, wie sie Lothar v. Heinemann in
Aussicht gestellt hat, auch in dieser Hinsicht neue Aufklärung bringen.

Mit dem Glanze des alten Königshofes schien es freilich
für immer aus zu sein, als Heinrich VI. starb, und ihm Konstanze
ein Jahr darauf im Tode folgte. Kaum gelang es Papst
Innocenz III., dem die Vormundschaft über den vierjährigen
Friedrich übertragen war, den Bestand des Reiches zu retten.
Wüste Anarchie herrschte in seinem Innern. Ein Machthaber
nach dem andern, bald ein Sicilianer, bald ein Deutscher, brachte
die Person des königlichen Knaben in seine Gewalt, um durch
ihn zu herrschen. Dabei gerieth dieser zeitweilig in solche Noth,
daß Bürger von Palermo abwechselnd seinen Unterhalt über=
nehmen mußten. So, ohne alle Verwandten und Freunde, ohne
je auch nur von einem Strahl der Liebe beschienen zu werden,
wuchs das Kind heran, mitten in einem Intriguenspiel schlimmster
Sorte, unter Männern, deren hohle Selbstsucht es nur zu bald
durchschaute. Was war aus solchem Treiben anders zu erlernen,
als daß der zuerst zum Ziele komme, der am rücksichtslosesten
seinen Vortheil verfolgte, der am feinsten seine Mitstrebenden zu
überlisten verstand? Wahrlich eine hohe Schule für die Beob=
achtungsgabe eines frühreifen Kinderverstandes, aber ebenso eine
Ertötung seines Gemüths, eine Irreleitung seines moralischen
Wollens!

Und neben Menschenkenntnis und Menschenverachtung, neben
Bitterkeit und Rachsucht, neben Mißtrauen und Verstellung mußte
diese Schule doch auch sehr früh in dem Knaben eine hohe
Meinung von sich und seiner Würde erwecken. Wenn er sah,
wie die Großen seiner Umgebung vor allem nach dem Besitze
seiner Person trachteten, und wie dieser Besitz ihnen Ansehen
verlieh, so mußte er bitter empfinden, wie ohnmächtig er in seiner
Unmündigkeit allen diesen Wechsel zu erdulden hatte, aber auch
mit glühender Seele den Zeitpunkt herbeisehnen, da er diesem
feilen Trosse als Herr das Joch seines Willens würde auf=
zwingen können. Anfangs mochte er das mehr dunkel ahnen,
als bewußt empfinden, aber bezeichnend für diese Stimmung

scheint mir doch schon sein Verhalten am Allerheiligentage[1]) des
Jahres 1201 zu sein, als er durch den Verrath des Kastellans
der Burg von Palermo der Gewalt des deutschen Kondottiere
Markwald von Anweiler überliefert wurde. Er war damals kaum
sieben Jahre alt. Es handelt sich um eine Schilderung nach dem
Berichte eines Augenzeugen, die ich einer noch gänzlich unbenutzten
Briefsammlung in einer Handschrift der Pariser Nationalbibliothek[2])
entnehme. ·

„Als der Knabe," so schreibt unser Gewährsmann, „durch
die fluchwürdige Treulosigkeit seiner Wächter verrathen war, und
er, der sanfte junge König, von dem, der nach seinem Leben
trachtete, in den innersten Gemächern des Palastes erwischt
war, und als er nun die Gefangenschaft unabwendbar vor Augen
sah, weil die Schwäche seiner Jugend und der Abfall seiner Leib=
wächter jede Möglichkeit der Vertheidigung ausschloß, als ihm
klar wurde, daß er nun den Fesseln der Barbaren preisgegeben
sei, er, der eher noch mit Wiegenliedern hätte in den Schlaf gelullt
werden sollen, da schützte er sich statt durch Waffengewalt mit
Thränen und vermochte doch nicht — ein gutes Vorzeichen für
den künftigen Herrscher — den Adel königlicher Gesinnung zu
verleugnen; denn wie eine Maus sich scheuend, von dem Raub=
thier ergriffen zu werden, sprang er, da er nun doch erhascht
werden mußte, dem Häscher entgegen und suchte, so gut er konnte,
den Arm dessen, der den Gesalbten des Herrn antastete, zu lähmen.
Darauf nestelte er seinen königlichen Mantel auf, zerriß voll
Schmerz seine Kleider und zerkratzte mit der Schärfe der ein=
schneidenden Nägel sein zartes Fleisch."

---

[1]) Dies bisher nicht bekannte Datum ergibt sich aus dem sonstigen
Inhalt des gleich anzuführenden Briefes.

[2]) Cod. lat. 11 867 s. XIII ex. Vgl. Neues Archiv d. Ges. f. ä. d.
Gesch. 23, 637. Ich würde zu den hier mitgetheilten Übersetzungen den
lateinischen Originaltext hinzufügen, wenn ich nicht hoffte, das ganze reiche
Briefmaterial, das ich mit Ausschaltung weniger werthloser Stücke voll=
ständig abgeschrieben habe, in nicht allzu ferner Zeit im Zusammenhang zu
veröffentlichen. Freilich ist es derart verwirrt und verderbt, daß die Be=
stimmung und Textherstellung noch viele Mühe erfordert.

Der Augenzeuge, auf dessen Bericht diese etwas schwülstige Schilderung[1]), wie sie schon damals in Sicilien Stil war, zurück=geht, war der Lehrer des Knaben[2]). Einen andern Erzieher in etwas späterer Zeit hat Winkelmann nachgewiesen; auch ein Mo=hammedaner wird als sein Lehrer in der Dialektik genannt. Das Beste freilich wird dies frühreife Genie weniger solchem Unter=richt[3]) als seiner eignen scharfen Beobachtung des Lebens verdankt haben. Was seine Beschäftigung und Entwicklung in dieser Zeit betrifft, so waren wir bisher nur auf Vermuthungen und Rück=schlüsse angewiesen. Da ist es erwünscht, daß wir mit einem Briefe, den ich ebenfalls der genannten Sammlung entnehme, festeren Boden gewinnen. Der Schreiber gehört zur Umgebung des damals nahezu dreizehnjährigen Königs; vermuthlich war er einer seiner Lehrer.

Er erfülle, so sagt er, gern den Wunsch des Angeredeten, der über Benehmen, Statur, Aussehen und Beschäftigung Friedrich's, bei der Verschiedenheit der Erzählungen darüber, gern etwas Sicheres erfahren möchte, wenn solche Aufgabe auch wohl eine gewandtere Feder verlange. „Die Statur des Königs," so fährt er fort, „hast Du Dir nicht gerade klein vorzustellen, doch auch nicht größer, als es sein Alter fordert. Den Vorzug aber hat ihm die Natur verliehen, daß sie ihm zu einem widerstandsfähigen Körper kräftige Gliedmaßen gab, denen zu jeder Bethätigung eine natürliche Ausdauer innewohnt. Nimmer in Ruhe, ver=bringt er den Tag in beständiger Thätigkeit, und damit die Kraft durch Übung gemehrt wird, schult er seinen gelenken Körper in

---

[1]) Wer nur das hier mitgetheilte Bruchstück kennt, mag wohl auf den Verdacht kommen, es handle sich nur um eine Stilübung. Der volle Wortlaut des Briefes mit seinen zahlreichen genauen Daten und Namen beseitigt diesen Verdacht indes völlig.

[2]) Magister W. Francisius oder Franciscius wird er in dem Briefe genannt.

[3]) Ob die Verdienste Gregor's von S. Galgano nun wirklich so groß waren, daß er „nothwendig zu den ausgezeichnetsten Männern des Jahr=hunderts gezählt werden" muß, wie Winkelmann will, das bleibt doch ganz unsicher.

jeglicher Handhabung und Kunst der Waffen. Und wenn er sich
darin übt, dann zieht er wohl das Schwert, das ihm mehr als
alles andere vertraut ist, und geräth in wilde Wuth, als wollte
er in das Antlitz eines Gegners stoßen[1]). Den Bogen zu spannen,
den Pfeil zu entsenden, hat er wohl gelernt und übt sich fleißig
darin. Er hat seine Freude an edlen und schnellen Rossen; sie
mit dem Zügel zu lenken und zum Laufe zu spornen, versteht —
das kannst Du glauben — Niemand besser als der König. So
sich schulend in jeglichem Kriegshandwerk, verbringt er in immer
wechselnder Bethätigung den Tag bis zur Nacht und verwendet
dann noch die ganze Zeit der folgenden Vigilie auf die Waffen=
kunde[2]). Übrigens eignet ihm eine königliche Würde, die Miene
und gebieterische Majestät des Herrschers. Sein Antlitz ist von
anmuthvoller Schönheit, mit heiterer Stirn und einer noch
strahlenderen Heiterkeit der Augen, so daß es eine Freude ist,
ihn anzuschauen. Aufgeweckt ist er, voll Scharfsinn und Ge=
lehrigkeit, aber er zeigt ein ungehöriges und unschickliches Be=
tragen, das ihm nicht die Natur mitgegeben, sondern an das ihn
rüder Umgang gewöhnt hat. Doch das natürliche Vermögen des
Königs, sich leicht zum Bessern zu wandeln, wird wohl noch die
Unschicklichkeiten, die er angenommen, allmählich durch bessere
Gewöhnung ändern. In Verbindung damit steht freilich, daß er,
ganz unzugänglich für Ermahnungen, nur dem Antriebe seines
freien Willens folgt und es, soviel man sehen kann, als schimpf=
lich empfindet, noch bevormundet und für einen Knaben, nicht
für einen König geachtet zu werden, und daher kommt es, daß
er wohl jede Bevormundung von sich abschüttelt, und die Freiheit,
die er sich dann nimmt, oft das Maß dessen, was einem Könige
erlaubt ist, überschreitet; er läßt sich dann zu sehr in öffentlichen
Umgang ein, und das allgemeine Gerede darüber muß die Ehr=
furcht vor der Majestät mindern. So sehr aber eilen seine

---

[1]) Der Text ist bei diesem ganzen Satze so verderbt, daß nur bei
sehr freier Übersetzung und kühnen Konjekturen ein Sinn herzustellen ist.

[2]) Auch die Übersetzung dieses Wortes ist ganz unsicher. Der wohl
verderbte Text hat: armata historia.

Talente dem Alter voran, daß er, noch ehe er zum Manne herangewachsen ist, wohlausgerüstet mit Kenntnissen, die Gabe der Klugheit empfangen hat, die er doch erst im Laufe der Zeiten hätte erwerben sollen. Darum rechne bei ihm nicht die Zahl der Jahre nach und erwarte nicht erst die Zeit der Reise, da er an Wissen schon jetzt ein Mann ist und an Majestät ein Herrscher"[1]).

In mehrfacher Hinsicht ist dies Schreiben merkwürdig; ich wüßte ihm aus der ganzen mittelalterlichen Literatur kaum ein gleichartiges an die Seite zu stellen. Wenn die Gabe, Indivi= dualitäten zu begreifen und zu schildern, bei dem mittelalterlichen Menschen sehr gering entwickelt ist, so wird man freilich dem Süditaliener des 13. Jahrhunderts darin schon mehr zutrauen dürfen; aber daß gerade ein kaum dreizehnjähriger Knabe zu solcher Schilderung anregt, kann man doch nur auf Rechnung des überwältigenden Eindrucks setzen, den sein frühreifes Genie schon damals auf seine Umgebung machte, und der auch in unserm Briefe deutlich zu spüren ist. Denn es ist ja nicht der schmeich= lerische Bericht eines Höflings, dem jede Äußerung der königlichen Majestät bedeutsam erscheint, sondern die ruhige Würdigung eines Mannes, der auch die Schatten in dem Bilde nicht getilgt hat. Es kann auffallen, daß der wissenschaftliche Unterricht neben der körperlichen Ausbildung kaum betont wird. Ob das etwa an dem Standpunkte des Beobachters liegt, der darin keinen genauen Einblick haben mochte, oder ob jener Unterricht eben damals zeitweilig zurücktrat, mag dahingestellt bleiben; in Wirklichkeit

---

[1]) Dieser Brief wird wohl zur endgültigen Beseitigung jener Ansicht beitragen, als sei Friedrich bei seinem ersten Erscheinen in Deutschland noch ein ganz anderer gewesen, als der er später wurde, einer Ansicht, die sich auch noch bei Tove findet, der ihn damals als „bescheidenen" und „freundlichen" Jüngling schildert. Schon der Umstand, daß er in jener Zeit vom 18. bis 26. Lebensjahre, in die bei gewöhnlichen Menschen, wenigstens heutzutage, eine hohe Empfänglichkeit für fremde Eindrücke zu setzen ist, so gar nichts von deutschem Wesen angenommen hat, beweist doch, daß er mit seinen 17 Jahren als ein im wesentlichen Fertiger nach Deutschland ging.

muß er doch einen sehr breiten Raum in dem Leben des Knaben eingenommen haben, denn sonst hätte er sich bei aller Selbst=belehrung unmöglich jenes schon hier gerühmte reiche Wissen er-werben können.

Will man den Charakterzug bezeichnen, der in jener Schilde=rung am schärfsten hervortritt, der gleichsam jeder Regung dieser so überreich veranlagten Natur ihre Richtung gibt, so ist es offenbar die Selbstherrlichkeit eines unbändigen Willens, der im Bewußtsein seiner äußeren Würde und seines gewaltigen Könnens alles um sich her, Menschen, Thiere und Dinge, sich dienstbar zu machen trachtet und dazu Körper und Geist mit rastlosem Eifer vorbereitet. Und derselbe Charakterzug beherrscht auch das Wesen des ausgereisten Mannes; als Ausfluß aus ihm betrachtet, verlieren, wie mir deucht, manche scheinbaren Widersprüche ihr Befremdliches; ihn hat man daher in den Mittelpunkt jeder Schilderung seiner Persönlichkeit zu rücken.

Verschiedene Elemente trafen zusammen, um in Friedrich die höchsten Vorstellungen von seiner Würde zu erwecken. Wir sahen schon, wie die ohnehin auf eine starke Herrschermacht gerichtete Tendenz der Normannen unter dem Einfluß mohammedanischer Anschauungen neue Kraft gewonnen hatte. Die orientalische Färbung des sicilischen Königthums mußte noch verstärkt werden, als Friedrich auf seinem Kreuzzuge selbst das Morgenland kennen lernte und dort mit den Mohammedanern in persönlichen Verkehr trat. Aber schon trug er neben der sicilischen die Kaiserkrone auf seinem Haupte. Welche Fülle der höchsten Ansprüche hatte er mit ihr überkommen! An sie knüpften sich die Erinnerungen an die alten römischen Imperatoren und ihre Nachfolger, jene Reihe glänzender Herrschergestalten von Karl dem Großen und Otto bis hin zu Friedrich Barbarossa und Heinrich VI. Inzwischen hatte sich freilich das Papstthum machtvoll erhoben, und daß das geistliche Schwert dem weltlichen des Kaisers eben=bürtig sei, hat selbst Friedrich nicht mehr in Zweifel gezogen. Es war eine Lieblingsvorstellung von ihm, daß die beiden gleich=geordneten Gewalten sich gegenseitig auf den ihnen zugewiesenen Gebieten in die Hände arbeiten, beide gemeinsam den Kampf gegen Ketzerei und Rebellion führen sollten. Aber daß das Kaiserthum gleich göttlichen Ursprungs, daß es ebenso unumschränkt in seinem weltlichen Reiche sei, wie das Papstthum in dem geistlichen, das stand ihm unzweifelhaft fest.

Es ist bekannt, wie sehr seit einem Jahrhundert das wiederaufgelebte römische Recht solche Vorstellungen förderte. Friedrich mit seinen juristisch geschulten Beamten nutzte dessen Sätze für seine Theorie. Die Verurtheilung von Lyon fand er lächerlich, weil dadurch der Kaiser dem Gesetze unterworfen würde, der doch kraft seines Imperiums von allen Gesetzen entbunden sei. „Das lebende Gesetz auf Erden" nannten ihn wohl seine Höflinge, und wie der Papst über die Seelen Gewalt hatte, zu binden und zu lösen, so beanspruchte Friedrich das Recht, Gesetze zu geben und aufzuheben, Privilegien zu ertheilen und zu vernichten. Eine Sondergewalt kraft eigenen Rechtes bestand weder neben, noch unter dem Könige im Staate; es ist klar, wie gründlich ein so aufgefaßtes Herrscherthum mit dem Feudalismus aufräumen mußte, wo es die Macht dazu besaß. Nach der Einleitung zu den Konstitutionen von Melfi war die monarchische Gewalt zwar dadurch entstanden, daß nach einem Kampfe Aller gegen Alle ein Einziger mit der Leitung der Dinge betraut war; aber damit war nun der natürliche, gottgewollte Zustand erreicht, an dem hinfort nicht mehr zu rütteln war. Den Verfügungen des Herrschers hatten die Unterthanen unbedingten Gehorsam zu leisten, an ihrer Richtigkeit zu zweifeln, war Sakrileg.

Diese hohe Vorstellung von seiner Würde war bei Friedrich nicht zu allen Zeiten die gleiche; im Laufe der Jahre ist sie gewachsen, und noch höher mußte sie gespannt werden, als man wagte, seine Rechte anzutasten, ihn seines Amtes zu entsetzen. In dieser letzten Zeit häufen sich die Äußerungen eines widerlichen Byzantinismus in seiner Umgebung, abstoßende Vergleiche des Kaisers und Peter's von Vinea mit Jesus und Petrus kommen vor, bei denen freilich zu berücksichtigen ist, daß die sicilische Stilistenschule, die sich die päpstlichen Briefe zum Muster nahm, eine Häufung biblischer Vergleiche und Phrasen schon seit lange liebte. Und überhaupt wird man sich Friedrich selbst in diesen

späteren Jahren weder als Vertreter cäsaropapistischer Anschau=
ungen[1]) vorzustellen haben, wie sie noch Friedrich Barbarossa unter
dem Einflusse Rainald's v. Dassel praktisch ausgeübt hatte, noch
wird man in seinen Handlungen irgend etwas finden, was' an
Cäsarenwahnsinn streifte; das Einzige, was man dafür anführen
könnte, die Anekdote Salimbene's, nach der er einem Schreiber
habe den Daumen abhacken lassen, weil er seinen Namen „Fre=
bericus" statt „Fridericus" geschrieben habe, richtet doch in ihrer
Albernheit sich selbst. Vielmehr bleibt der höchste Maßstab für
all' sein Thun die Vernunft, und schlechthin unvernünftig kann
man keine seiner Handlungen nennen, so viele von ihnen auch
moralisch anfechtbar sein mögen. Hier zeigt Friedrich offenbar,
wie in so manchen anderen Eigenschaften, eine starke Geistes=
verwandtschaft mit seinem großen Landsmann Napoleon I., mit
dem ihn, wenn ich nicht irre, zuerst Böhmer verglichen hat. Der
rationalistische Zug, der durch seine ganze Verwaltung geht, der
sich in der Bevorzugung wissenschaftlicher Tüchtigkeit vor der
Geburt, in der Gründung der Staatsuniversität Neapel, in so
vielen merkantilen und fiskalischen Maßnahmen ausspricht, wird
durch nichts so deutlich gekennzeichnet wie durch einige einzelne
Verfügungen. Er beschränkt den Zweikampf, „weil er nicht mit
der Natur im Einklang steht", verwirft die Gottesurtheile mit
glühendem Eisen und kaltem Wasser, „weil sie nicht die Natur
der Dinge beachten und Wahrheit nicht erzielen". Bei einer
Raupenplage befiehlt er, anstatt kirchliche Bittgänge anzuordnen,
daß ein jeglicher Unterthan bei hoher Geldstrafe vor Sonnen=
aufgang vier Maße voll Raupen sammeln und an Geschworene
des Ortes zur Verbrennung zu übergeben hat. In Hagenau
werden ihm einstmals drei Leichen von Christenkindern gebracht,
die von Juden am Paschafeste geschlachtet sein sollen. Friedrich
läßt jene straflos, „weil sich nach Aussage der erfahrensten und

---

[1]) Die von Huillard = Bréholles aufgebrachte und auch von Reuter
angenommene Auffassung, Friedrich habe sich mit dem Plane getragen, ein
Laienpapstthum zu gründen, übt zwar in populäreren Werken, wie bei=
spielsweise bei Weber, noch ihre Nachwirkung, bedarf aber heute wohl
keiner wissenschaftlichen Widerlegung mehr.

gelehrtesten Männer nicht feststellen lasse, daß die Juden zur Feier ihres Paschafestes Christenblut nöthig hätten.[1])

Dabei ist sein Regiment trotz alles Einflusses, den ein Jakob von Capua, Thaddäus von Suessa, Peter von Vinea geübt haben mögen, ein durchaus persönliches. An drei Tagen der Woche wird ihm im Beisein seiner Räthe oder auch allein über alle wichtigeren Angelegenheiten Vortrag gehalten; er selbst gibt überall die letzte Entscheidung. So verbindet sich mit der reaktionären Erbschaft der Kaiserkrone, die er wohl oder übel angetreten hat, dieser aufgeklärte Absolutismus, wie er ihn auf Grund normannisch-mohammedanischer Anschauungen ausbildet, als ein durchaus modernes Moment, das über Philipp den Schönen und die italienischen Renaissanceherrscher hinweg unseren Blick auf die Fürsten des 17. und 18. Jahrhunderts lenkt.

Da ähnelt Friedrich in der Auffassung seines Berufes denn freilich mehr einem Ludwig XIV. als Friedrich dem Großen. Die Unterscheidung zwischen Person und Amt des Herrschers fehlte ja, wenigstens in der heutigen Schärfe, dem Mittelalter. Eben darin, daß seine persönlichen Interessen mit denen des Landes zusammenfielen, lag meist die Bedeutung des Fürsten für sein Volk. Es leuchtet ein, wie dies harmonische Verhältnis gestört werden mußte, sobald ein Herrscher so verschiedenartige und entfernte Gebiete, wie Deutschland, Sicilien und Jerusalem, unter sich vereinigte und obendrein durch den Besitz der Kaiserkrone zu einer universalen Politik gezwungen war. Indem Friedrich sich außer Stande gesetzt sah, in den Interessen eines einzigen Landes aufzugehen, trat unwillkürlich das persönliche Moment, das einzige Bindeglied zwischen seinen Reichen, stärker hervor[1]). Welcher Weltherrscher hätte jemals seine Person, von der eben alles abhängt, nicht sehr hoch eingeschätzt? Dazu hat man die traurigen Erfahrungen der Kindheit Friedrich's zu nehmen. Schon als dreizehnjähriger Knabe eigensinnig, zügellos und ohne

---

[1]) Reg. Imp. V (= B—F) 2146a.

[2]) Vgl. dazu auch die Anordnung der allgemeinen Feier seines Geburtstages im Königreich Sicilien, B—F. 2033.

Ehrfurcht, hat er nach Erlangung der Mündigkeit gewiß nicht mehr gelernt, sich irgend einer Autorität zu Liebe etwas zu versagen, was ihn reizte, und dem seine eigene Vernunft nicht widersprach. Die Ausgaben für den Luxus, den er sich stets gestattet hat, würde Sicilien in Zeiten des Friedens leicht getragen haben, der reiche Kulturgewinn, den er mit sich brachte, hätte die etwa dadurch hervorgerufene sittliche Schädigung ganz in den Schatten gestellt; aber da bei den ewigen Kriegsläuften und politischen Verwickelungen ohnehin die Geldkraft des Landes übermäßig angespannt wurde, konnte es nur Erbitterung erregen, wenn man sah, wie Friedrich sich auch nicht die mindeste Entbehrung auferlegte, wie er trotz der gänzlichen Erschöpfung der Staatskassen selbst für Schmuck und Kostbarkeiten immer noch Geld flüssig zu machen wußte.

In dem Auftreten des Kaisers und in der Pracht seiner Hofhaltung spiegelte sich in der That die hohe Auffassung seiner Würde wieder. Er selbst war von mittlerer Größe, röthlich-blond und bartlos wie sein Vater, aber kräftiger und lebensfrischer als dieser. Der heitere Ausdruck seines Antlitzes, der schon dem Knaben nachgerühmt wurde, war auch dem Manne geblieben[1]. Die Leibesübungen seiner Jugend hatten seinen Körper gestählt; auf seinem Zuge durch Deutschland durchschwamm er auf ungesatteltem Pferde den Lambro und entkam nur dadurch dem Feinde. In dem unermeßlichen Reichthum seiner Natur tritt die Eigenschaft des Kriegers kaum besonders hervor, doch hat er es auch daran nicht fehlen lassen; mochte er sich auch öfter nur ungern dem Genusse der Friedensthätigkeit entreißen, versagt hat er sich dem Rufe doch nie, und es mangelt nicht an Proben persönlichen Muthes. Vor allem aber liebte er das Reiten und die Jagd. Seine Pferde, Hunde und Falken — das werden wohl so ziemlich seine besten Freunde auf der Welt gewesen sein, in

---

[1] Vgl. Scheffer-Boichorst, Zur Gesch. d. 12. u. 13. Jahrh. S. 283 Anm. 3. Abweichend von Winkelmann, möchte ich auf die Schilderung Salimbene's mehr Gewicht legen als auf die Auffassung eines Orientalen, der doch andre Vorstellungen von Schönheit hatte als die Europäer.

deren Eigenart er ſich am liebevollſten verſenkte. In den auf
uns gekommenen Regiſterfragmenten der ſiciliſchen Kanzlei ſpielen
ſie unſtreitig die Hauptrolle. Auch im Felde verzichtete er ungern auf die Jagd; eben während er ihr oblag, wurde ſeine
Schöpfung Vittoria eine Beute der Feinde. Zwiſchen dem Hof-
lager und ſeinen Marſtällen, Geſtüten und Falkenzüchtereien in
Apulien und Kalabrien iſt es ein ewiges Hin und Her von Boten
und Briefen. Da werden Anweiſungen aller Art über Zucht
und Pflege gegeben, edle Roſſe ſollen aus der Berberei beſorgt
werden, ein Falkner wird an den Hof beſtellt, um ſeinen Antheil
an dem beſonders reichen Ertrage einer Kranichbeize zu erhalten,
Falken werden mannigfach kommen gelaſſen und zurückgeſchickt.
Welche wiſſenſchaftliche Frucht ihre eifrige Beobachtung gezeitigt
hat, darauf gehe ich gleich noch näher ein. Daneben werden
Leoparden und Luchſe [1]) zur Jagd verwandt, außer den Falken
natürlich auch ähnliche Vögel, wie Habichte und Sperber, und
noch bunter gemiſcht iſt die Menagerie, die der Kaiſer — zunächſt
wohl zu wiſſenſchaftlichen Zwecken, dann aber auch zum Schau-
gepränge — faſt auf allen ſeinen Reiſen mit ſich führt, zum Er-
ſtaunen der Italiener und Deutſchen, denen er dadurch nur um
ſo mehr als ein orientaliſcher Despot erſcheint. Da ſieht man
hinter den Vierſpännern, die mit Gold und Silber, Batiſt und
Purpur, Edelſteinen, und prunkvollem Geräthe gefüllt ſind, beladene
Kameele und Dromedare, mit koſtbarem Geſchirr behangen [2]), dazu
Löwen, Panther und weiße Bären, Affen und Parteulen, und
als Hauptſchauſtück folgt ein mächtiger Elephant, den der Sultan
von Aegypten einſt dem Kaiſer geſchenkt hat, und der nun die
Phantaſie der zeitgenöſſiſchen Chroniſten erfüllt. Wahrlich, ein
ungewohnter Anblick, wenn er daherſchreitet mit dem viereckigen
Holzthurm auf dem Rücken, von deſſen Ecken Standarten wehen,

---

[1]) Vgl. Friedrich's De arte venandi cum avibus, ed. Schneider
S. 3. Über die Menagerie des Kaiſers vgl. jetzt beſonders Scheffer-
Boichorſt, a. a. O. S. 282. 286. Von ſonſtigen Quellenſtellen vgl. nament-
lich B—F. 2098a, auch 3475a. Für dieſen ganzen Abſchnitt Winkelmann,
Forſch. z. d. Geſch. 12, 523 ff.

[2]) Vgl. B—F. 2973.

und in deſſen Mitte ſich eine mächtige Fahne erhebt, während
fremdartige Sarazenengeſichter von ihm herabſchauen. Und dieſe
ſeltſamen Geſtalten, dazu äthiopiſche Neger, die auf ſilbernen
Trompeten blaſen, mauriſche Tänzer und Jongleure folgen dem
Kaiſer ſelbſt in das rauhe Klima Deutſchlands. Aber daheim
in ſeinen apuliſchen Luſtſchlöſſern bereitet er ſeinen Gäſten noch
ganz andere Schauſpiele von faſt märchenhafter Pracht. Da er-
ſtrahlen die Wände von weißem, röthlichem, bläulichem Marmor,
Moſaiken ſchmücken die Wölbungen [1]), anmuthige Sarazeninnen
tanzen auf rollenden Kugeln und wiegen ſich im Takte der Muſik
von Zymbeln und Kaſtagnetten. Dort, in Lucera, Melfi, Avel-
lino, Meſſina, befanden ſich auch die kaiſerlichen Harems, von
Eunuchen überwacht. Selbſt im Feldlager mochte Friedrich ihrer
nicht entbehren, und er trieb dieſen Verkehr mit ſo rückſichtsloſer
Offenheit, daß er ſelbſt bei ſeinen auf dieſem Gebiete doch an
ein ſtarkes Maß gewöhnten Zeitgenoſſen Anſtoß erregte. Er
folgte hier der Unſitte einiger ſeiner normanniſchen Vorfahren,
und der Entrüſtung der Chriſtenheit über ſeinen Umgang mit
Sarazeninnen ſetzte er ſouveräne Verachtung entgegen; ſchon ſein
Herrſcherſtolz duldete es nicht, irgend welcher Autorität zu Liebe
dem, was er für ein Vorurtheil der Menge hielt, nachzugeben.

Daß dabei von einem innigeren Familienleben keine Rede
ſein konnte, verſteht ſich von ſelbſt; woher ſollte auch Friedrich
dieſen Begriff haben kennen lernen? Die Kaiſerin wurde unter
dem Einfluß ſiciliſch=orientaliſcher Anſchauungen ziemlich abge-
ſchloſſen gehalten, unter der Aufſicht mauriſcher Eunuchen; daß
ſie übrigens ihrem Range gemäß lebte, dafür ſorgte ſchon das
Würdegefühl des Kaiſers [2]). Das Verhältnis Friedrich's zu ſeinen
Söhnen zeigt mehr Wärme. Ein goldenes Planetarium, ein
Geſchenk des Sultans von Damaskus, nannte er wohl „das
Liebſte, was er beſitze, nächſt ſeinem Sohne Konrad“, und
manche kleinen Züge zeugen von ſeiner Sorge für den Knaben.
Auch die Trauer beim Tode des unglücklichen Heinrich, gegen

---

[1]) Vgl. Beſchreibungen des noch erhaltenen Caſtel del Monte.
[2]) Vgl. B—F. 2746. 2822. 2881. 2885. 2949. 3075. 3246.

ben er mit solcher Härte hatte verfahren müssen, war gewiß nicht geheuchelt, und in Enzio und Manfred hat er mit
Freude Züge seiner selbst wiedergefunden. Aber das Interesse
des Weltherrschers an der Fortpflanzung seiner Dynastie, die
Genugthuung des Staatsmannes und Strategen, in seinen un-
ehelichen Söhnen brauchbare und unbedingt zuverlässige Werk-
zeuge seiner Politik und Kriegskunst heranwachsen zu sehen, über-
wiegt doch auch hier das väterliche Gefühl; eine seiner Töchter
mochte er immerhin einem Ezzelin zum Weibe geben.

Es gibt doch wohl geniale Naturen, denen Luxus und
weitgehende Befriedigung ihrer Sinnlichkeit Lebensbedürfnis sind,
die durch solche Genüsse nicht verweichlicht und entnervt werden,
sondern im Gegentheil darin Erholung für neue Thätigkeit
finden. Friedrich gehört jedenfalls zu ihnen. Wenn man bedenkt,
wie selten ihm auch nur eine kurze Ruhe von politischen und
kriegerischen Sorgen vergönnt gewesen ist, so ist die Ausdehnung
seiner Interessen, der Umfang echten Wissens und Könnens noch
heutzutage staunenerregend, und Entsprechendes findet sich eigentlich nur in der Zeit der Renaissance.

Daß Wissen Macht sei, ist wohl keinem mittelalterlichen
Menschen so deutlich zum Bewußtsein gekommen wie ihm. Auf
allen Gebieten des Lebens suchte er in das Wesen der Dinge zu
dringen; erst die wissenschaftliche Ergründung gab ihm die Ge-
währ für richtige Behandlung. Denn allerdings war Friedrich
zu sehr Mann des Lebens, um lediglich in der Theorie der Wissenschaften Genüge zu finden. Überall trat er mit persönlichen Bedürfnissen an sie heran, überall zog er die praktischen Folgerungen, und in der reichen Kulturthätigkeit, die sich an seinem
Hofe entfaltete, ist nun das wieder der hervorstechendste Zug,
daß die Individualität des Herrschers mit ihrem Geschmacke, ihren
besonderen Neigungen und politischen Zwecken allem die Richtung gab.

Wer Friedrich's Art, wissenschaftlich zu denken und zu arbeiten,
kennen lernen will, muß sein Buch „Über die Kunst, mit Vögeln
zu jagen" zur Hand nehmen, das nicht etwa nur unter seiner
Leitung geschrieben, sondern zweifellos von ihm selbst diktirt ist.

Schon die Wahl des Themas ist bezeichnend. Er knüpft auch hier an normannische Tradition an — Wilhelm, der Falkner König Roger's, hat schon ein ähnliches Werk verfaßt[1] —, aber die bisherigen Darstellungen genügen ihm offenbar nicht. Gerade seine Lieblingsbeschäftigung ist es, die er gern recht aus dem Grunde verstehen möchte. So faßt er die Absicht, selbst ein Buch zu schreiben, — um einzusehen, wie wenig noch seine Kenntnisse dazu ausreichen[2]. Und nun beginnt ein jahre=, vielleicht jahrzehntelanges, emsiges Sammeln[3]. Aus allen Theilen der Welt[4] werden Falken und verwandte Vögel herbeigeschafft und verglichen. Auch die Staatsmaschine muß ihm dazu behülflich sein; er befiehlt einmal, in der Grafschaft Molise alle Sperber einzufangen[5]; seine internationalen Beziehungen, namentlich zu den Sultanen des Orients, dienen demselben Zwecke[6]. Von weit her läßt er Falkner und sonstige Kenner herbeikommen, forscht sie aus und prüft ihre Berichte an der eigenen Erfahrung. Handelt es sich um Verhältnisse einer entfernten Gegend, so fügt er wohl mit Bedauern hinzu, daß er sich nicht selbst habe über= zeugen können[7]. Autorität gibt es für ihn nicht. Er beruft sich zwar gelegentlich auf Hippokrates[8], Plinius[9], besonders auf Aristoteles[10], aber nie ohne eine Richtigstellung hinzuzufügen, wenn seine eigenen Beobachtungen nicht mit dessen Angaben

---

[1] Vgl. den in der Ausgabe Schneider's hinten angehängten Ab= schnitt aus des Albertus Magnus De animalibus S. 188. 190. 193.

[2] De arte etc. S. 1.

[3] Die Studien begannen jedenfalls vor dem Kreuzzug. Daß sie 1240 schon abgeschlossen waren (vgl. B—F. 3056 und viele andre Nummern), ist mir zweifelhaft. Vgl. auch De arte S. 162.

[4] Z. B. aus England, Bulgarien, wohl auch Island, vgl. De arte S. 75.

[5] B—F. 3056; vgl. dazu De arte S. 89.

[6] De arte S. 162: et nos, quando transivimus mare, vidimus, quod ipsi Arabes utebantur capello in hac arte. Reges namque Arabum mittebant ad nos falconarios suos peritiores in hac arte cum multis modis falconum etc.

[7] De arte S. 78.

[8] Ebenda S. 94.

[9] Ebenda S. 73.

[10] Ebenda S. 36.

übereinstimmen[1]). Und welch' scharfer Beobachter ist er selbst!
Auch das Geringste entgeht nicht seinem Blicke und scheint ihm
nicht unwerth, mitgetheilt zu werden. Nur ein Beispiel statt
vieler: er bemerkt, wie die Pupille der Habichte und Sperber
sich vergrößert, wenn sie einen Gegenstand fixiren[2]). Es ist die
große Kunst des Sehens, die hier nach langem mittelalterlichen
Winterschlafe wieder erwacht. Nachdem alle Erfahrungen zu-
sammengetragen sind, baut er daraus mit meisterhafter Logik sein
Buch auf, von den Vögeln im allgemeinen übergehend zu den
Raubvögeln, von ihnen auf die Falken, deren Natur, Fang und
Abrichtung nun mit peinlichster Gründlichkeit und Sauberkeit
beschrieben werden. Überall zeigt sich dieselbe Verbindung von
echt kritischem Scharfsinn mit praktischem Blick. Er bekämpft die
von vielen angenommene Unterscheidung zweier Falkenarten, denn
es handle sich nur um eine Differenzirung derselben Art unter
dem Einfluß der verschiedenen Klimate[3]). Er erkennt eine Vor-
richtung, um den Kopf des Falken gegen den Hals zu drücken,
die er im Orient sieht, als gut verwendbar und ist stolz darauf,
sie als erster in Europa eingebürgert zu haben[4]). Gewiß ist
Ranke's Urtheil über dies Buch, von dem leider erst ein Bruchstück gedruckt ist[5]), richtig, daß sein Verfasser „als einer der
größten Kenner dieses Theils der Zoologie betrachtet werden
muß, die je gelebt haben". Und daß Friedrich selbst mit be-
rechtigtem Stolze auf dies zwar kleine, aber völlig von ihm be-
zwungene Wissensgebiet blickte, beweist eine von einem Zeitgenossen

---

[1]) Ebenda S. 5. 8. 25. 72.

[2]) Ebenda S. 90.

[3]) Ebenda S. 76.

[4]) Ebenda S. 162.

[5]) Vermuthlich ist als Anhang auch noch ein besonderer Traktat über
die Habichtarten gefolgt, der S. 89 in Aussicht gestellt wird. Vgl. dazu
auch Albertus Magnus De falconibus c. 20, ebenda S. 192: De regimine
accipitrum et infirmitatibus secundum experta Frederici imperatoris etc.
Die verdienstliche und schön ausgestattete deutsche Übersetzung des Werkes
von H. Schöpffer (Berlin 1896), die mir erst nachträglich bekannt wird,
beruht auf Schneider's unvollständiger Ausgabe.

überlieferte hübsche Anekdote, der es nicht an innerer Wahrscheinlichkeit fehlt. Als im Jahre 1241 der Großkhan der Mongolen an den Kaiser die Aufforderung sandte, sich zu unterwerfen, und ihm für diesen Fall ein wichtiges Amt an seinem Hofe in Aussicht stellte, soll Friedrich ironisch scherzend geantwortet haben: „nun, er verstehe sich recht gut auf Vögel und werde gewiß einen tüchtigen Falkner Seiner Majestät des Großkhans abgeben."

Übrigens scheinen manche Zeitgenossen das Neue und Unerhörte der empirischen Methode des Kaisers wohl empfunden zu haben. Mögen nun die Anekdoten Salimbene's auf leerem Gerede beruhen oder irgend einen wahren Kern in sich bergen, sicher ist doch, daß eben diese autoritätslose Erfahrungssucht, diese „an Peter den Großen erinnernde Neugier gegenüber den Prozessen der Natur", wie Ranke sich ausdrückt, gegeißelt werden sollte, wenn ihm vorgeworfen wurde, er habe zwei Menschen den Leib aufschneiden lassen, um über die Vorgänge der Verdauung Sicherheit zu gewinnen, oder er habe Kinder von Wärterinnen auferziehen lassen, denen unbedingtes Stillschweigen zur Pflicht gemacht sei, um zu erfahren, welche Sprache jene Kinder von selber reden würden.

Es versteht sich bei dieser Geistesrichtung von selbst, daß an seinem Hofe besonders auf Medizin und die mathematischen Wissenschaften Gewicht gelegt wurde. Friedrich selbst hatte auf diesen Gebieten gründliche Kenntnisse. Einem Gelehrten, der über Pferdeheilkunde schrieb, konnte er mancherlei Unterweisung geben; er ließ sich ein Werk über Physiognomik ausarbeiten; das Bestehen einer staatlichen Prüfung hat er allen Ärzten des Königreichs Sicilien zur Verpflichtung gemacht. Es war ihm eine Freude, den Disputationen des großen Mathematikers Fibonacci mit einem seiner Hofgelehrten über geometrische und arithmetische Fragen zu folgen; eifrig studirte er dessen Schriften und verdiente sich dadurch die Widmung einer Abhandlung über Quadratzahlen und besondere Mittheilungen über die Theorie der Brüche. Auch mit dem gelehrten spanischen Juden Juda Cohen Ben Salomon korrespondirte er über Sätze der Geometrie. Denn darüber gab er sich natürlich keiner Täuschung hin, daß er nicht selbständig in alle Wissensgebiete eindringen könne, und darum holte

er ſich oftmals Rath bei Gelehrten des Auslandes und ſuchte
ſie wo möglich an ſeinen Hof zu ziehen. Ihnen erwies er
Achtung und Aufmerkſamkeiten, ihnen gegenüber gab er ſich als
Mitſtrebenden, nicht als Herrſcher. So ſammelte ſich, wie in den
Zeiten König Roger's, um ihn ein Kreis von Gelehrten aller
Nationen und Konfeſſionen, und es begann wieder, wie damals,
neben der ſelbſtändigen Forſchung eine eifrige Überſetzerthätigkeit.
Da wurden vor allem die philoſophiſchen Schriftſteller des grie=
chiſchen Alterthums theils aus den Originaltexten, theils aus
arabiſchen Bearbeitungen, daneben aber auch die neueren Werke
mohammedaniſcher und jüdiſcher Philoſophen, des Averrhoes,
Avicenna, Maimonides, in's Lateiniſche, Franzöſiſche, auch
wohl Hebräiſche übertragen. Meiſt ging die Anregung dazu
vom Kaiſer aus, der die Schriften las und ſchätzte und durch
ihre Verbreitung in Überſetzungen die allgemeine Bildung zu
heben ſuchte.

Daß Friedrich ſelbſt auf irgend ein beſtimmtes philoſophiſches
Syſtem geſchworen hätte, würde mit ſeiner ganzen Geiſtesrichtung
im Widerſpruch ſtehen. Schon ſein zoologiſches Werk hat ihn
uns als vorzüglichen Logiker gezeigt, und als ſolcher wird er
auch von Arabern gerühmt. Dieſe Schulung des Verſtandes
befähigte ihn denn auch, den Ausführungen der Metaphyſiker
mit Einſicht und Intereſſe zu folgen; doch ſcheint er ſich hier
im weſentlichen kritiſch und ſkeptiſch verhalten zu haben. Aus
ſeinem perſönlichen Bedürfniſſe heraus ſtellte er Fragen, deren
Beantwortung ihn vielfach wohl kaum befriedigen konnte. Nichts
iſt doch bezeichnender für ihn, als ſeine Bitte um Auskunft über
eine Reihe philoſophiſcher Probleme, die er an einen jungen
mohammedaniſchen Philoſophen und Freigeiſt Ibn Sabin richtete,
wie er denn auch mit dem Sultan El-Kamil und andern Arabern
ſich gern in gelehrten Erörterungen erging. Da handelt es ſich
nicht nur um Unterweiſung über die ariſtoteliſchen Kategorien,
über die Ziele der theologiſchen Wiſſenſchaft, ſondern er verlangt
Belehrung über die Frage nach der Exiſtenz der Welt von Ewig=
keit her, er begehrt Beweiſe für oder gegen die Unſterblichkeit der
Seele. Wie ſehr er auf dieſem Wege in Zwieſpalt mit den über=

lieferten dogmatischen Vorstellungen der christlichen Religion ge=
rathen mußte, darauf komme ich noch zurück. — Wenn Friedrich
endlich auch der Astrologie mit Eifer oblag und ihr sogar bei
bedeutsamen Ereignissen, wie bei seiner Vermählung mit der eng=
lischen Isabella, und bei wichtigen strategischen Maßnahmen Ein=
fluß auf sein Handeln verstattete, so weist das einmal auf nor=
mannische Überlieferung und allgemein zeitgenössische, insbesondere
mohammedanische Anschauungen, dann aber auch auf den schranken=
losen Erkenntnistrieb Friedrich's und sein Bestreben, selbst aus
einer völlig unsertigen, irregeleiteten Wissenschaft schon praktische
Folgerungen zu ziehen.

Den Eindruck, den diese überall anspornende und so vielfach
selbstfördernde Thätigkeit des Kaisers auf seine Zeit gemacht hat,
den Anstoß zu einer Wandelung überlieferter Vorstellungen, den
sie nothwendig geben mußte, wird man schwerlich hoch genug
anschlagen können. Dabei war es natürlich die Schwäche dieses
Systems, daß es auf zwei Augen ruhte, mögen auch Manfred
und Karl von Anjou später vielfach in denselben Bahnen fort=
gewandelt sein, und daß die despotische Natur des Kaisers bei
allen Wissenszweigen, die in das politische Gebiet hinüberspielten,
die freie Regsamkeit unterdrückte. So konnte auch die von ihm
gegründete erste Staatsuniversität Neapel, die ihm allerdings
eine Schar tüchtiger Juristen heranbildete, trotz oder vielmehr
wegen aller bevormundenden Fürsorge den Wettkampf mit den
norditalischen Hochschulen, denen sie aus politischen Gründen den
Vorrang streitig machen sollte, doch nicht aufnehmen.

Der Umfang von Friedrich's Bildung ist mit diesen wissen=
schaftlichen Interessen nicht entfernt erschöpft; seine literarischen
und künstlerischen Gaben treten daneben zwar etwas zurück, bleiben
aber immer noch bedeutend genug. Seine reichen Sprachkenntnisse
finden in der sicilischen Völkermischung ihre Erklärung; er las
und sprach lateinisch, griechisch, arabisch, französisch, provençalisch,
die italienische Vulgärsprache und wohl auch deutsch, obschon uns
dies nicht eigentlich bezeugt ist. Wie sehr ihm diese Gewandtheit
bei diplomatischen Verhandlungen zu Statten gekommen sein muß,
liegt auf der Hand. Manchmal ergriff er auch in größeren

Versammlungen, so in Pisa¹), das Wort zu längerer, freier Rede, öfter ließ er Peter von Vinea oder andere Vertraute an seine Stelle treten. Wie weit er sich an der in Sicilien eifrig betriebenen Pflege des Briefstils betheiligt hat, wird nicht auszumachen sein; vermuthlich hat er selbst manche Schärfen und Spitzen in die aus seiner Kanzlei hervorgegangenen Manifeste gebracht; aber der Stil seines eigenen wissenschaftlichen Werkes unterscheidet sich in seiner einfachen Klarheit sehr vortheilhaft von dem damals üblichen Pomp und Schwulst. Auch für die belletristische Literatur zeigte er Interesse; er dichtete in der herkömmlichen Art, fand Töne dazu und trug die Lieder selbst vor, und diese Liebhaber= thätigkeit hat nun dadurch ungeahnte Bedeutung gewonnen, daß er als einer der ersten in der Vulgärsprache seiner Heimat dichtete und daher von Dante als Vater der italienischen Poesie gepriesen werden konnte.

In der Art, wie er die bildenden Künste förderte, spiegeln sich wieder deutlich die persönlichen Bedürfnisse des Herrschers. Die Herstellung, Ausbesserung und Befestigung königlicher Schlösser nahm unter ihm einen Umfang an, der an die Staatskassen außerordentliche Anforderungen stellte; wurden doch für einen ge= planten Palastbau in Viterbo allein 41 Häuser angekauft²). Die Steine niedergerissener Kirchen hat er sich nicht gescheut, für solche Zwecke zu benutzen³), in den späteren Jahren des Kampfes auch wohl kirchliche Bildwerke und Kostbarkeiten in seinem persönlichen Interesse verwandt. Skulpturen scheint er geschätzt zu haben; die von seinen Graveuren hergestellten goldenen Augustalen waren den zeitgenössischen Münzen in der Prägung weit voraus und kamen denen der Alten, die als Muster dienten, nahe. Reliefs und Bildsäulen, unter denen natürlich die des Kaisers nicht fehlte, schmückten die Façaden seiner Paläste. Die künstlerische Ausführung der Bauten kann gewiß nicht auf seine Rechnung

---

¹) B—F. 3472.

²) B—F. 3140. Für sonstige Bauten findet man in den Regesten zahlreiche Belege.

³) B—F. 1775.

kommen, wenn er auch, nach dem allein genügend erhaltenen
Caſtel del Monte zu ſchließen, als Bauherr Geſchmack genug
bewieſen hat. Für Konſtruktion aber zeigte er als Mathematiker
eindringendes Verſtändnis, wie ihm überhaupt Geſchick in allen
mechaniſchen Fertigkeiten nachgerühmt wurde. So entwarf er
mit eigener Hand einen Riß zu der Burg von Capua und über=
wachte mit Eifer deſſen Ausführung. In der Belagerungstechnik
hat er ſich zweifellos gründliche Kenntniſſe erworben. Wir hören,
wie er ſich nach dem Namen von Maſchinen erkundigt[1]), und
der Gedanke, vor einer feindlichen Feſtung ſtatt des leichten
Zeltlagers eine zweite regelrechte Stadt zu erbauen, um nicht
mit dem Beginn des Winters die Einſchließung aufgeben zu
müſſen[2]), ſcheint ſeinem Kopfe entſprungen zu ſein.

Dem Reichthume dieſer genialen Natur muß man es zu gute
halten, wenn die bloße Aufzählung ſeiner Fähigkeiten ſchon faſt
ermüdend wirkt, und das alles war doch nur Nebenbeſchäftigung!
Es gehörte eben das raſtloſe Streben, das ſchon den Knaben
trieb, den Tag auf Koſten ſeines Schlafes zu verlängern, und
die bewunderungswürdige Spannkraft eines Geiſtes, der in der
einen Thätigkeit immer Erholung von der andern fand, dazu,
um es verſtändlich zu machen, wie er neben den überwältigenden
Aufgaben des Staatsbaumeiſters, Diplomaten und Strategen das
alles zu leiſten vermochte.

Tritt ſchon in Friedrich's Privatleben der mächtige Wille
des Herrſchers mit der hochgeſpannten Schätzung ſeiner Würde
und ſeiner Perſon deutlich genug hervor, ſo beſtimmt derſelbe
völlig ſein öffentliches Auftreten und Handeln. Ein Mann mit
einer ſolchen Vereinigung durchdringenden Verſtandes und er=
findungsreicher Phantaſie, wie ſie uns etwa an den alten grie=
chiſchen Helden Odyſſeus erinnert, konnte, wenn er wollte, ſeine
Umgebung durch beſtrickende Liebenswürdigkeit bezaubern. Wo

---

[1]) B—F. 3672c.

[2]) Vgl. B—F. 3151a. 3646a für die Belagerungen von Faenza und
Parma; dazu Scheffer=Boichorſt, a. a. O. S. 283. Über Waſſerbauten und Ur-
barmachung von Sümpfen während ſeiner Regierung vgl. B—F. 3000. 3710.

es galt, Personen von Bedeutung zu gewinnen, schwankende
Anhänger an sich zu fesseln, auf Herrscher des Orients und
Occidents Eindruck zu machen, da ließ er alle seine Talente
spielen, und noch heute können wir nach einigen uns überlieferten
Wendungen wenigstens ahnen, wie das scharfe Urtheil seines Ver=
standes, die überraschenden Sprünge seiner Phantasie, der aus
beiden geborene Witz, dann die Unterhaltung belebten. Wo er
Anerkennung seiner Übermacht fand, war er großmüthig und
leutselig; feindliche Städte, die sich ihm auf Gnade oder Un=
gnade ergaben, haben das oft genug, fast zu ihrer eigenen Über=
raschung, erfahren.

Aus diesem Gesichtspunkte erklärt sich auch sein Verhältnis
zu der niederen Bevölkerung. Schon als Knabe hatte er sie
auf seinen Streifzügen durch die Gassen Palermos genugsam
kennen gelernt, er wußte, daß sie nur bei einiger Schonung ihrer
materiellen Interessen der königlichen Gewalt nicht gefährlich
werden konnte, vielmehr ein schätzbares Gegengewicht gegen die
feudalen Machthaber bildete. So geht denn durch seine sicilische
Gesetzgebung entschieden ein sozialer Zug. Die durchgeführte
Rechtsgleichheit schützte den Schwachen vor dem Starken; mehr=
fach kehrt in seinen Steuerausschreibungen die strenge Weisung
an seine Beamten wieder, die Leistungsfähigen nicht auf Kosten
der Unbemittelten zu bevortheilen[1]), und durch einzelne Verfügungen
verhilft er wohl einer armen Witwe auf Staatskosten zu ihrem
Recht[2]) oder schützt städtische Gärtner gegen die Übergriffe Mächtiger,
„weil ihm nichts verhaßter sei, als Vergewaltigung der Armen
durch die Reichen"[3]). Für das Gedeihen des städtischen Bürger=
thums hat er, wo es nicht politische Selbständigkeit erstrebte und
wo nicht höhere Rücksichten ihn hinderten, Interesse gezeigt.
Man konnte ihn sehen, wie er an den Volksbelustigungen der
Paduaner auf ihrer Stadtwiese fröhlichen Antheil nahm, freilich
nicht als Gleicher unter Gleichen, sondern von seinem erhöhten

---

[1]) B—F. 2411. 3676.
[2]) B—F. 2448.
[3]) B—F. 3802.

Thronsessel aus die Menge überschauend. Er war freigebig, wo
es ihm für seine Zwecke gutdünkte, und dann spendete er gleich
mit vollen Händen, wie bei seinem ersten Auftreten in Deutsch=
land; auch gegen das fahrende Volk war er, der den Werth der
öffentlichen Meinung zu schätzen wußte, gewiß nicht immer so
karg, wie bei seiner Vermählungsfeier in Worms, wo er den
Fürsten gegenüber die nutzlose Verschwendung an Komödianten
mißbilligte.

Bei alledem kann natürlich von Herzensgüte, die ihm einer
seiner Vertheidiger nachgerühmt hat, nicht wohl die Rede sein.
Für Freundschaft, die doch immer eine gewisse Gleichstellung
voraussetzt, konnte diese Herrschernatur unmöglich Sinn haben,
was ein auf gegenseitige Achtung begründetes Verhältnis zu
Männern, die in derselben Richtung strebten, wie er, also zu
einem Hermann von Salza, dem Franziskanergeneral Elias, zu
den Gelehrten an seinem Hofe, ja nicht ausschließt. Auch eine
gewisse Freiheit des Tones hat er Leuten seiner Umgebung, die
ihn zu nehmen wußten und sein Selbstgefühl schonten, gern ge=
stattet und Scherz verstanden; das brachte schon die geistig an=
geregte Atmosphäre seines Hofes mit sich. Trotzdem hat er
Jedermann im wesentlichen doch nur nach dem Grade geschätzt,
in welchem er seinen eigenen Herrschaftszwecken nützlich und dienst=
bar war, und wenn eine Anekdote Salimbene's auf Wahrheit
beruht, was mir nicht unmöglich scheint, so hat er das selbst mit
cynischer Offenheit so ausgedrückt: „er habe sich noch niemals
ein Schwein gemästet, von dem er nicht auch das Fett bekommen
habe." Dem Vorwurf der Undankbarkeit, der ihm schon von
zeitgenössischen Gegnern oft gemacht ist, und der auch bei Böhmer
eine Hauptrolle spielt, möchte ich gleichwohl nur bedingt zu=
stimmen. Gewiß war in Friedrich für Gefühlsmomente wenig
Raum, und wo jemand seinen politischen Zwecken hinderlich wurde,
wie beispielsweise sein Schwiegervater Johann von Brienne,
hielten ihn sicherlich nicht irgendwelche Rücksichten der Pietät
davon ab, ihn bei Seite zu schieben. Aber Freundschaften, die
nicht geschlossen sind, können auch nicht gebrochen werden, und
wirklichen Dank durch selbstlose Hingebung haben sich um Friedrich

doch nur sehr wenige Männer verdient — oder will man bei
einem Walther von Palear im Ernste davon sprechen? Handelte
doch selbst Innocenz III., wenn er sich für sein Mündel bemühte,
nur im wohlverstandenen Interesse der Kurie. Die Dienste seiner
Umgebung, seiner Beamten betrachtete der Kaiser eben als ihre
verdammte Pflicht und Schuldigkeit, und niemals waren noch
so werthvolle Leistungen in seinen Augen bei künftiger Pflicht-
verletzung ein Milderungsgrund. In allen den Fällen, wo hoch-
gestellte Männer plötzlich seine Ungnade traf, läßt sich ihm
eine offenbare Ungerechtigkeit nicht nachweisen, so unklar für
uns die Rechtsfrage auch z. B. bei dem Sturze Peter's von
Vinea liegt.

Ein anderes ist es, ob die massive Rücksichtslosigkeit, mit
der Friedrich seinen Machtinteressen nachging, vielfach nicht Pflicht-
verletzung und Abfall geradezu herausforderte. Diesen Zug hat
er nun wohl mit allen den kraftvollen Herrschern gemein, die
auf den Trümmern innerstaatlicher Gewalten ihr absolutes Königthum begründet haben, und eine Scheidung zwischen den Maßnahmen, die den Interessen der Krone, und solchen, die seinem
eigenen Nutzen dienten, ist da ganz unthunlich. Die Theorie,
nach welcher der Kaiser jedes ihm entgegenstehende Recht brechen
konnte, hat er jedenfalls auch in seinem Königreich Sicilien mit
Erfolg zur Anwendung gebracht. Es leuchtet ein, auf wie mannig-
fachen Widerstand er bei solchem Vorgehen hier und überall stoßen
mußte. Da aber, wo solcher Art sein Wille gekreuzt wurde, ver-
änderte der verletzte Herrscherstolz sein eben noch herablassendes,
fesselndes, großmuthsvolles Benehmen in sein Widerspiel, und je
höher das Selbstgefühl, desto reizbarer die Empfindlichkeit, desto
plötzlicher der Umschwung. Das ist wohl der Hauptgrund dafür,
daß er vielen Zeitgenossen und Nachlebenden als eine räthselhafte
Proteus-Natur erschienen ist. Dann erwachten die wildesten Leiden-
schaften, alle düsteren Regungen seiner Kindheit tauchten auf;
seine Leutseligkeit wurde zu vernichtendem Zorn, sein Scharfblick
zeigte ihm die wundeste Stelle des Gegners, und sein Witz, zu
beißender Ironie gewandelt, rührte unbarmherzig daran. Rebellen
und Verräthern gegenüber gab es für ihn kein Paktiren, keine

Schonung, keine Treue, keine Ehre: Unterwerfung mit allen Mitteln und dann unnachsichtige Bestrafung. Da hat er Festungs= kommandanten unter Vorspiegelung von Verhandlungen zu sich gelockt und gefangen genommen, auch an seine Unterfeldherren entsprechende Weisungen ertheilt; er hat trügerische Amnestie ver= kündet und ist dann über die Ahnungslosen hergefallen. Von der Größe seines leidenschaftlichen Racheburstes gibt jene Äußerung einen Begriff, die er bei der Belagerung des abtrünnigen Viterbo gethan haben soll: „Auch nach seinem Tode würden seine Gebeine nicht Ruhe finden, ehe er nicht die Stadt zerstört habe; schon den Fuß im Paradiese, würde er ihn zurückziehen, wenn er an Viterbo Rache üben könne."

Die Mittel, deren er sich so bediente, um Rebellen nieder= zuzwingen — und Rebellen waren am Ende alle, die innerhalb seiner Reiche mit ihm in Konflikt geriethen —, sind für unser Gefühl abstoßender als die Strafen, die er dann verhängt hat. Daß auf Verrath der Tod stand, war wenigstens im sicilischen Reiche altes Herkommen. Bei der langen Dauer der Kriegszeiten haben sich dann, nicht ohne Zuthun Friedrich's, die Grausam= keiten maßlos gesteigert; er hat bei der Bestürmung von Brescia damit begonnen, Gefangene vor seine Belagerungswerke binden zu lassen, um die feindlichen Wurfgeschosse davon abzulenken, was dann natürlich nur Maßregeln der Vergeltung hervorrief. Ihren Höhepunkt erreichten diese Grausamkeiten in dem furchtbaren Befehl Friedrich's, alle Träger päpstlicher Briefe im Königreich Sicilien und alle, die das vom Papste verhängte Interdikt beob= achten würden, auch Frauen und Kinder, mit dem Feuertode zu bestrafen. Freilich läßt sich gerade da nicht leugnen, daß der Kaiser in einer Zwangslage war; wenn er einmal den Kampf mit dem Papstthum aufnahm, ließ sich durch mildere Maßregeln sein Land vor dessen Einfluß nicht bewahren, und endlich reichen selbst diese Grausamkeiten an die raffinirten Martern, die sein Vater Heinrich VI. einst für Verräther ersonnen hatte, noch nicht heran.

Nach allem Gesagten wird man schon ermessen können, welch' hervorragende Gaben Friedrich für seinen Beruf als

Politiker, insbesondere als Diplomat mitbrachte, wie hier sein Scharfblick, seine Kombinationsgabe, sein zäher und in seinen besten Zeiten auch meist von der Klugheit gezügelter Wille das Hauptfeld ihrer Thätigkeit fanden. Die Ergebnisse neuerer Forschungen haben ihn hier im allgemeinen in günstigeres Licht gerückt, und wenn das Vollgefühl seiner Macht ihn gelegentlich zu einer merkwürdig offnen Darlegung seiner Absichten hingerissen hat, so empfinden wir doch das gerade mehrfach als unklug und darum unpassend und können daran ermessen, wie sehr die sonst von ihm, wie auch von der Gegenpartei, mit Virtuosität geübte Zurückhaltung — oder, wenn man will, Hinterhältigkeit — in diesem diplomatischen Schachspiel am Platze war. Eine Beleuchtung seiner Handlungen im einzelnen würde mich viel weiter in die politische Geschichte hineinführen, als das hier meine Absicht sein kann. Trotzdem erscheint mir ein Versuch, wenigstens die Hauptziele, die er dabei verfolgt hat, in flüchtigem Umriß zu zeichnen, für das volle Verständnis seiner Persönlichkeit unerläßlich.

Man wird davon auszugehen haben, daß Friedrich „durch und durch Sicilianer" war. Natur und Klima seiner Heimat sagten ihm mehr als die aller andern Länder zu. Selten vergaß er bei der Rückkehr dorthin in seinen Briefen zu erwähnen, mit welcher Freude er sein geliebtes Erbreich wieder betreten habe, selten bei dem Aufbruch, mit welchem Unmuth er es verlasse. „Der Gott der Juden," so soll er in Palästina gesagt haben, „würde das Land, das er seinem Volke gab, unmöglich so haben preisen können, wenn er sein sicilianisches Reich gekannt hätte." Hier hat er denn auch sein Bestes geleistet, und wenn die neuere Forschung festgestellt hat, daß seine große Gesetzeskodifikation nicht so viel Originales enthält, wie man wohl geglaubt hat, sondern fast überall an normannische Überlieferung anknüpft, so kann das sein Verdienst kaum schmälern. Denn die Hauptsache bleibt doch, daß er in diesem von Adelsfaktionen zerrissenen Lande, das er in einem Zustande völliger Anarchie vorfand, wie einen Felsen von Erz sein absolutes Königthum errichtet hat, welches Frieden und Ordnung gewährleistete und die wirthschaftlichen und

maritimen Kräfte zu ungeahnter Entfaltung brachte. Das feste
Gefüge, das er dem Staate gegeben, hat denn auch nach seinem
und Konrad's IV. Tode trotz der unheilvollen Unsicherheit der
Nachfolge und der schlafferen Regierung Manfred's Stand gehalten und konnte Karl von Anjou sogleich als Fundament für
seine umfassenden Pläne dienen. Hätte sich die welfische Dynastie
mit Otto IV. wirklich im Reiche festgesetzt und ihren Ehrgeiz auf
den alten Umfang des Imperiums beschränkt, wäre es Friedrich
damit vergönnt gewesen, ganz in den Bahnen seiner normannischen
Vorfahren zu bleiben, so wäre doch wohl auch seine wirthschaftliche Fürsorge dem Lande zum Segen ausgeschlagen. Aber indem
Sicilien in den Strudel der universalen Kaiserpolitik hineingerissen
wurde und dafür in immer gesteigertem Maße die Geldmittel
gewähren mußte, hat die zunehmende Centralisation der Unter-
nehmungen in der Hand des Königs die Bewegungsfreiheit der
Unterthanen gehemmt, der Steuerdruck unerträglich auf ihnen
gelastet, und der wirthschaftliche Raubbau die Kräfte des Landes
der Erschöpfung nahegebracht.

Wäre es nun Friedrich möglich gewesen, sich dieser universalen Politik zu entziehen? Wie mir scheint, war der Knoten
seines Geschickes bereits geschürzt, als der zweijährige Knabe zum
römischen Könige gewählt wurde, und durch den Angriff Otto's IV.
auf Sicilien wurde sein Los vollends bestimmt. Als ihm die
deutschen Fürsten dann zum zweiten Male die Krone boten,
da hat er lange geschwankt, und seine Umgebung, die für sein
Leben fürchtete, hat ihn beschworen, die gefahrvolle Reise zu
unterlassen. Er hat sich trotzdem dafür entschieden, und dieser
Entschluß war kühn und, wie der Erfolg gezeigt hat, auch klug, —
aber „hochherzig" möchte ich ihn nicht nennen, und dies ist nun
die einzige Stelle, an der mir die sonst so überzeugenden Ausführungen Ficker's, der sich hier ganz an Böhmer anschließt, ernste
Bedenken erregen. So lag die Sache denn doch nicht, daß Friedrich nur hätte zu erwägen brauchen, ob er wirklich „sein bereits
wieder geordnetes oder leicht zu ordnendes Erbkönigreich, in dem
er aller Voraussicht nach in aller Ruhe sich der Annehmlichkeiten
der Herrschaft hätte erfreuen können", verlassen und die mit der

neuen Würde verknüpften mühevollen Pflichten auf sich nehmen
wollte. Zur Zeit, als er seine Entscheidung traf, war weit über
die Hälfte dieses Erbreiches im Besitze seines Feindes Otto IV.,
und auch von dem übrigen Theile konnte er sich nur noch auf
winzige Reste unbedingt verlassen. Eben um ihn aus dieser
nahezu hoffnungslosen Lage zu befreien, hatte Innocenz III. mit
seinem Schachzug in Deutschland seine Wahl gegen Kaiser Otto
in's Werk gesetzt und diesen einstweilen zur Rückkehr über die
Alpen gezwungen. Versagte sich Friedrich dieser päpstlichen Politik, so konnte es Otto nicht schwer fallen, die Ruhe in Deutschland herzustellen und seinen sicilischen Eroberungszug nun un-
gestört zu Ende zu führen. Mochten bei jenen Erwägungen
über Annahme oder Ablehnung auch manche andren Rücksichten,
wie das Verhältnis zum Papste, sekundär mitspielen, — die
Hauptfrage war doch die, ob das Unternehmen mit einiger Wahrscheinlichkeit die Rettung der sicilischen Herrschaft mit sich bringen
würde, oder ob es allzu aussichtslos und waghalsig erschien,
den übermächtigen Gegner ohne Truppen und Mittel in
Deutschland selbst anzugreifen. Friedrich neigte, entgegen seinen
Rathgebern, zu der ersten Ansicht und entschied sich im
sicilischen Interesse für die Annahme. Daraus ist dann alles
Weitere gefolgt.

Man bedenkt bei der Beurtheilung großer Fürsten und Staats-
männer häufig nicht genug, daß sie viel weniger als die gewöhnlichen Sterblichen in der Lage sind, sich ihr Los nach ihren eigenen
Wünschen und Idealen zu gestalten. In den Strom der Er-
eignisse hineingestellt, werden sie von Entscheidung zu Entscheidung
getrieben, und aus den Voraussetzungen müssen sie die Folgerungen mit unerbittlicher Nothwendigkeit ziehen. — Friedrich hat
dem deutschen Volke auch als sein König ein tiefergehendes
Interesse nicht abzugewinnen vermocht. Er betrachtete Deutschland unter dem Gesichtswinkel seiner universalen Politik, deren
Schwerpunkt er nach Italien verlegte; soweit sie nicht dadurch
beeinträchtigt wurde, ließ er den Dingen diesseits der Alpen im
wesentlichen ihren Lauf, und vor allem hat er sich gesträubt,
wegen der Übernahme des Imperiums Sicilien zu vernachlässigen

oder wohl gar ganz fahren zu lassen. Wie sehr das den Zerfall
der Centralgewalt in Deutschland befördert hat, darüber herrscht
keine Meinungsverschiedenheit. Wer in dem Reichthum territorialen
Sonderlebens die Hauptstärke der deutschen Geschichte erblickt,
mag das gut heißen; wer in dem Fehlen eines machtvollen
Mittelpunktes die Ursache für jahrhundertelangen politischen und
dann auch wirthschaftlichen Jammer erkennt, wird es lebhaft
beklagen. Aber in die heftigen persönlichen Vorwürfe, die Böhmer
sowohl wie Ficker dem Kaiser deswegen gemacht haben, möchte
ich darum doch nicht einstimmen. Es ist klar, wie eng diese
Frage mit jener Beurtheilung der Übernahme des Imperiums
zusammenhängt. Wenn man voraussetzt, Friedrich habe sich damals in hochherziger Aufwallung entschlossen, nun aller sicilischen
Sonderpolitik zu entsagen und ganz in den Interessen des Kaiser-
reichs, wie sie bisher aufgefaßt wurden — mit ihrem Schwerpunkt in Deutschland — aufzugehen, so kann man ihn nur des
Rücktritts von solchen Vorsätzen, der groben Vernachlässigung
klar erkannter und freiwillig übernommener Pflichten beschuldigen.
Böhmer und Ficker behaupten beide, daß damals eine Wiederherstellung der kaiserlichen Rechte in Deutschland noch durchaus
möglich war. Man wird da geneigt sein, den Einwendungen
Winkelmann's viel Gewicht beizumessen, der betont, wie sehr
Friedrich bei seinen deutschen Anfängen von geistlichen und weltlichen Fürsten abhängig war, daß er sich ohne weitgehende Zu-
geständnisse an sie gar nicht befestigen konnte, und daß jene
Wiederherstellung nach der Ertheilung der großen Privilegien
wohl schon unmöglich geworden war. Wie aber auch immer,
Voraussetzung für das Gelingen einer solchen Politik war doch
unter allen Umständen, daß der Kaiser die Dinge in Italien
gehen ließ, wie sie gingen, daß er sich dort mit einer nominellen
Oberhoheit des Reiches begnügte und Sicilien entweder aufgab
oder einer von ihm nur wenig abhängigen Regentschaft überließ.
Ich will nicht gerade sagen, daß ein hervorragend genialer deutscher Staatsmann, der seiner Zeit weit vorausgeeilt wäre, damals
solche Ziele schlechterdings nicht hätte verfolgen können; es scheint
mir nur unbillig, das als eine Pflicht der Ehre und Moral von

einem Fürsten zu verlangen, der mit Leib und Seele Sicilianer
war, den die von seinem Großvater eingeleitete, von seinem Vater
einige Jahre glänzend geführte Politik auf die Verbindung Siciliens
mit dem Reiche und damit auf die Beherrschung Italiens hin=
wiesen. Es ist ja eine andere Frage, ob das nicht von vornherein
eine verlorene Sache war. Friedrich hatte nun einmal die Erb=
schaft angetreten; wollte er diesen universalen Zielen ernsthaft
nachstreben, so bedurfte er doch vor allen Dingen einer sicheren
Basis, die ihm nicht nur in jeglicher Lage unerschütterlichen Rück=
halt bot, sondern auch für weiteres Vorgehen immer neue
Hülfsmittel in Aussicht stellte. Und wenn er nun, nachdem
die deutschen Verhältnisse leidlich geordnet waren, seine Haupt=
sorge zunächst Sicilien zugewandt hat, so weiß ich doch nicht,
warum neben seinen persönlichen Neigungen, die ja zweifellos
mitgespielt haben, nicht solche Erwägungen maßgebend gewesen
sein sollen.

Dann hat er, in immer neue Kämpfe und Schwierigkeiten
verwickelt, nicht mehr Gelegenheit gefunden, sich mit den deutschen
Geschicken mehr als vorübergehend zu befassen. Denn nachdem
er den ersten Zusammenstoß mit dem Papstthum trotz alles
Nachgebens siegreich bestanden und die auf ihm lastende Kreuz=
zugsverpflichtung glücklich abgethan hatte, traten nun in jenen
Jahren, in denen es ihm an äußerer Machtfülle wahrlich nicht
gebrach, immer beherrschender die lombardischen Verhältnisse in
den Vordergrund der Politik. Den hier drohenden Verwick=
lungen aus dem Wege zu gehen, war Friedrich gar nicht in der
Lage, denn einen Staat im Staate wie den Lombardenbund, der
ihm in offener Auflehnung den Verkehr mit seinem nördlichen
Reiche sperrte, hätte kein Herrscher dulden können. Eine Her=
stellung der dortigen kaiserlichen Rechte bis zu einem gewissen
Grade wurde durch die Vereinigung Siciliens mit Deutschland
unter einem Fürsten mit Nothwendigkeit gefordert. Man wird
auch sagen können, daß in dem ganzen Verlaufe des Streites das
formelle Recht stets auf Seiten Friedrich's gewesen ist. Und trotz=
dem gibt es kaum einen Punkt, in dem wohlwollende und ab=
sprechende Beurtheiler so völlig übereinstimmen, wie darin, daß

3*

dies Vorgehen die wundeste Stelle seiner gesammten Politik bildet.
Der übermäßig hoch gespannte Herrscherstolz bietet hier, wie so
oft schon, die Erklärung. Der Kaiser, der im Kampfe mit einer
unabhängigen Macht, wie dem Papstthum, so meisterhaft ver=
standen hat, die materiellen und geistigen Kräfte des Feindes
vollauf zu würdigen und darum nach einem Erfolge rechtzeitig
einzulenken, verlor Rebellen gegenüber jedes Maß; da verdunkelte
die persönliche Gereiztheit alle Erwägungen ruhiger Klugheit.
Es ist ja gewiß, daß die von Parteiungen zerrissenen oberitalischen
Kommunen auf dem besten Wege von der Demokratie zur Ty=
rannis waren, und daß im Laufe des 13. Jahrhunderts immer
größere Gebiete von einzelnen Machthabern zusammengeschweißt
sind. Wenn aber Friedrich in solchen Ansätzen etwa eine Er=
muthigung zu dem Versuche seiner späteren Jahre gefunden hat,
die sicilische Centralisation der Gewalt, wie auf das übrige Reichs=
italien, so auch auf die Lombardei zu übertragen, so hat er die
Reste von Freiheitsgefühl und territorialem Selbständigkeitsdrang,
die von einer nun schon jahrhundertelangen Entwicklung her sich
dort immer noch lebendig erhalten hatten, denn doch unterschätzt
und damit den schlimmsten Fehler begangen, den ein Politiker
begehen kann. Durch die Überspannung seiner Forderungen hat
er sich nicht nur um die Früchte seines schönen Sieges von
Cortenuova, sondern überhaupt um den Erfolg seiner Lebens=
arbeit gebracht; denn nun hat die römische Kurie das lange
von ihr ersehnte erste Mißgeschick Friedrich's benutzt, um
den bedrängten Lombarden beizuspringen und dem Kaiser einen
Krieg auf Leben und Tod zu erklären, und hier komme ich
nun zum Schlusse auf das Verhältnis Friedrich's zur Kirche
zu sprechen, das wie nichts Anderes das Urtheil über ihn
bestimmt hat.

　　Es darf jetzt wohl als ein gesichertes Ergebnis der wissen=
schaftlichen Forschung betrachtet werden, daß der Kaiser einen
offenen Konflikt mit dem Papstthum niemals gewollt hat, daß
er auch in späteren Jahren jederzeit zu großen Opfern, soweit
sie sich irgend noch mit seiner kaiserlichen Stellung und Selb=
ständigkeit vertrugen, bereit gewesen ist, um den verderblichen

Zwiespalt zu beseitigen. Obschon es bei einer so starken Ausbildung der staatlichen Gewalt, wie namentlich im Königreich
Sicilien, an Kompetenzstreitigkeiten nicht fehlen konnte, ist es doch
nie Friedrich's Absicht gewesen, in das geistliche Machtgebiet der
Kurie einzugreifen. Seinem Interesse entsprach, wie schon oben
angedeutet, am meisten ein einträchtiges Zusammenwirken der
beiden Gewalten, wie es in den dreißiger Jahren trotz mancher
Reibungen die Regel bildete, und daraus erklärt sich zur Genüge
sein Vorgehen gegen die Ketzer, das Früheren meist so unver-
ständlich erschienen ist. Hier hat er der geistlichen Gewalt das
weltliche Schwert vollkommen zur Verfügung gestellt. Die Feinde
gegen die kirchliche Ordnung galten ihm gleich mit den Rebellen
gegen sein eigenes Regiment; und zudem — was waren ihm trotz
einer gewissen Geistesverwandtschaft die Ketzer? was vermochten
ihre zersplitterten Sekten gegenüber dem Papstthum, das ihm
schon als Macht Achtung abnöthigte?

Die Kurie hätte dies Zusammengehen mit dem Kaiser vielleicht zur Noth ertragen, wenn nicht ihre Ideen von territorialer
Selbständigkeit als Grundlage kirchlicher Freiheit mit weiteren
Erfolgen Friedrich's in seiner italienischen Politik schlechterdings
unverträglich gewesen wären. In der That lag es doch nicht
außerhalb des Bereiches der Möglichkeit, daß der Lombardenbund
völlig niedergeworfen und dann jene centralisirte kaiserliche Verwaltung in ganz Italien durchgeführt wurde; wie weit dann noch
von einer freien Entschließung des Papstthums die Rede sein
würde, war in das Belieben Friedrich's gestellt. Diese Gefahr
konnte kein entschlossener Papst, der die Richtung der kurialen
Politik von Gregor VII. bis auf Innocenz III. billigte, unthätig
herankommen sehen. Es bedurfte eines großen Entschlusses, und
der greise Gregor IX. hat noch die Kraft dazu gefunden: er hat
dem Kaiser auf's neue den Kampf aufgezwungen, und diesmal
war es ein Kampf um die Existenz; denn darin war Innocenz IV.
mit seinem Vorgänger Gregor einig, daß ein Friede, der nicht
zum mindesten die Machtstellung des Kaisers in Italien erschütterte
und die Gefahr für die Lombarden auf immer beseitigte, für die
Kurie unannehmbar sei.

Friedrich hat sich von der unerschütterlichen Folgerichtigkeit seiner Gegner erst allmählich überzeugt und den Glauben an die Möglichkeit eines Friedensschlusses nie ganz aufgegeben. Aber mit der gigantischen Leidenschaft seiner Natur nahm er den Kampf auf. Das erst hat ihm eigentlich seine weltgeschichtliche Stellung gegeben, und so, als Streiter wider die Kirche, ein Antichrist oder ein Reformator, lebt er in der Erinnerung der Nachwelt bis auf den heutigen Tag. Indem beide Parteien jene politischen Gegensätze, welche der eigentliche Anlaß des Konflikts waren, geflissentlich in den Hintergrund rückten und mit geistlichen und weltlichen Waffen den Kampf bis zur völligen Vernichtung des Gegners zu führen trachteten, wurden sie über die ursprünglichen Ziele weit hinausgehoben, und der Prinzipienstreit zwischen Staat und Priesterthum, der natürlich der letzte Grund jeglichen Kampfes zwischen dem Kaiser und der römischen Kirche gewesen war, wurde nun ohne alle Verhüllung unter der leidenschaftlichen Antheil= nahme der ganzen civilisirten Welt ausgefochten. Da war es für die Zukunft von weittragender Bedeutung, daß Friedrich mit seinem Scharfblick für die verwundbare Stelle des Gegners sich nicht damit begnügte, als Vorkämpfer für die Idee des unabhängigen Staates die Fürsten Europas, deren gemeinsame Sache er vertrete, als Bundesgenossen aufzurufen, sondern daß er den Streit auf das eigenste Gebiet der Kirche hinüberspielte. Es kann hier nicht weiter ausgeführt werden, wie sehr damals schon in allen europäischen Ländern die Miß= stimmung mit der neuerlichen Entwicklung der Kirche, ihrem Steuerdruck, ihren Eingriffen in die weltliche Gerichtsbarkeit, dem Legaten= und Pfründenwesen von den Laien bis tief hinein in die Kreise des Säkularklerus verbreitet war. Indem Friedrich sich an die Spitze dieser Bewegung stellte, suchte er der römischen Kurie die Wurzeln ihrer Macht abzugraben, die schier unerschöpf= lich fließenden Quellen ihres Reichthums zu verstopfen. In seinen Manifesten trat er mit reformatorischen Ideen, die er schon bei seinem ersten Kampfe mit der Kurie verwerthet hatte, auf's neue und nun ungleich schärfer hervor: die im Laufe der Zeiten immer mehr verweltlichte Kirche sollte ihrem ursprünglichen Berufe zurück=

gegeben, die in Üppigkeit und Hochmuth 'entartete Priesterschaft
wieder zu der alten apostolischen Einfachheit und schlichten Fröm=
migkeit der Heiligen geführt werden, die ehemals durch so reiche
Wunder die Kraft ihres Glaubens bewährten. Welchen Eindruck
eine solche Sprache selbst im Auslande machte, zeigt die kirchliche
Reformbewegung der vierziger Jahre in England und Frank=
reich. — Es ist klar, bei Friedrich war hier alles Politik und
gar nichts religiöse Schwärmerei. Seinen weltlichen Zielen konnte
freilich nichts förderlicher sein, als wenn solche Ideen zur Aus=
führung gekommen wären; aber das Dringen auf Reform war
ihm im wesentlichen doch nur ein Kampfmittel neben vielen
andern, wie schon daraus hervorgeht, daß er jeden Augen=
blick bereit gewesen wäre, mit diesem „entarteten" Papstthum
Frieden zu schließen und ihm wieder seine volle Unterstützung
gegen alle widersätzlichen Elemente zu leihen, wenn es ihm
in seinen politischen Bestrebungen nur einiges Entgegenkommen
gezeigt hätte.

Wenn er so den Widerstand der Massen gegen die Kirche
zu organisiren trachtete, so hat andererseits der bedrohte Papst
das Treiben des Kaisers in den Augen aller Gläubigen von
vornherein zu entwerthen gesucht, indem er gegen ihn den Vor=
wurf der Ketzerei schleuderte und zur Begründung dieser furcht=
baren Anklage namentlich behauptete, Friedrich habe gesagt, die
Welt sei von drei Betrügern: Christus, Moses und Mohammed
hintergangen, und die übernatürliche Geburt Christi sei ein Un=
sinn; der Mensch brauche überhaupt nichts zu glauben, als was
er aus der natürlichen Gesetzmäßigkeit der Dinge heraus beweisen
könne. Über die Wahrheit dieser Beschuldigungen hat man viel
hin= und hergestritten; für eine sichere Entscheidung fehlt es durch=
aus an genügenden Beweismitteln, denn daraus, daß Friedrich
diese Äußerungen sofort abgeleugnet hat, folgt natürlich noch
nicht, daß er sie überhaupt nicht gethan hätte. Mir scheint jener
Satz von den drei Betrügern, der nicht original ist, sondern schon
früher in der Literatur vorkommt, der innersten Überzeugung des
Kaisers, der Vergleichungen seiner Person mit Jesus liebte, der
sich früher die Vorwürfe des Papstes zugezogen hatte, weil er

der Religion der Mohammedaner zu große Achtung entgegen=
brachte, wenig zu entsprechen. Aber daß darum seine Spottlust
in Augenblicken der Verstimmung solche Worte, die er gelesen
haben mochte, nicht hätte in seinen Mund bringen können, ohne
daß er natürlich wünschte, darauf festgenagelt zu werden, wird
man doch schwerlich behaupten wollen, und namentlich ist jener
Zweifel an der jungfräulichen Geburt mit dem Hinweis auf die
Gesetze der Natur so echt friedericianisch, daß zum mindesten ein
guter Kenner seiner Geistesrichtung die Worte erfunden haben
müßte. Denn darin gleicht Friedrich ganz dem Romanen der
Renaissance und Neuzeit, daß er mit vollkommener kirchlicher
Rechtgläubigkeit weitgehende religiöse Skepsis zu vereinen verstand,
ohne doch den Widerspruch, der darin lag, als Heuchelei zu em=
pfinden oder das Verlangen nach einem Ausgleich dieser Gegen=
sätze zu hegen.

Wir sahen schon vorhin, wie auf dem Boden Siciliens die
Religionen ihre Schärfe an einander abgeschliffen hatten, und
wie sich bei allem Katholizismus der normannischen Herrscher
schon im 12. Jahrhundert Äußerungen der Toleranz finden, die
im Sinne der römischen Kirche bedenklich nach Ketzerei schmeckten.
Durch seinen steten Umgang mit Mohammedanern, Griechen und
Juden mußte Friedrich früh zu einer Vergleichung der Religionen
und damit zur Kritik ihrer Glaubenssätze geführt werden, und
seine philosophischen Studien lenkten seinen Geist in dieselbe
Richtung. Wie gänzlich fällt doch schon sein Zweifel an der
Unsterblichkeit der Seele aus dem Rahmen des Christenthums
heraus! So gewannen auch die Mohammedaner, mit denen er
bei seinem Besuch in Jerusalem verkehrte, den Eindruck, daß
er ein Materialist sei und mit der christlichen Religion nur sein
Spiel treibe. Und wenn er dort, dem Brauche der Moham=
medaner folgend, seine Glaubensgenossen wenig respektvoll als
„Schweine“ bezeichnete und die gegen ihn geübte Rücksicht, bei
der Gebetsübung jene Koranverse, die sich gegen das Christen=
thum wenden, fortzulassen, durchaus unnöthig nannte, so erklärt
sich das zwar aus politischer Berechnung, aber eine besondere
Hochhaltung seines Glaubens würde derartiges von selbst

verboten haben. Dabei mögen die Anekdoten, nach denen er die
Hostie verspottet haben soll, immerhin auf sich beruhen. Die
Zweifel an der Richtigkeit der christlichen Dogmen waren ihm
aber nicht aus irgendwelchen Gemütsbedürfnissen, sondern ledig=
lich aus dem Urtheil seines Verstandes erwachsen; sie haben ihm
nicht einen vorher felsenfesten Glauben erschüttert und ihn nun
zum kampfesfreudigen Renegaten gemacht, sondern nur dazu bei=
getragen, ihm eine an sich schon ziemlich gleichgültige Sache noch
etwas gleichgültiger erscheinen zu lassen. Hier versagte nach echt
romanischer Art jener sonst so hervorstechende Zug, aus kaum
gewonnenen Erkenntnissen die praktischen Folgerungen zu ziehen,
weil seine Klugheit sich instinktiv darwider setzte und alle seine
Interessen dagegen sprachen. Mit den damals in Europa so
verbreiteten ketzerischen Sekten, die doch aber selten bei völliger
Negation verharrten, sondern der Kirche meist etwas Positives
entgegenstellten, hat er sich schwerlich verwandt gefühlt, und erst
in den letzten Kampfeszeiten, da ihm jeder Bundesgenosse gegen
die Kurie recht war, hat er sie geschont und für seine Zwecke
benutzt. Er selbst aber hat sich sein Leben durch zur Kirche
bekannt, mit besonderem Nachdruck natürlich, als ihm seine Recht=
gläubigkeit bestritten wurde, und noch auf seinem Sterbebette
hat er die kirchliche Absolution empfangen.

Damit bin ich am Ende meiner Schilderung angelangt. So
erscheint mir auf Grund der neueren Forschungen das Wesen
Friedrich's. Ohne die scharfen Widersprüche und jähen Über=
gänge dieser merkwürdigen Natur vertuschen zu wollen, meine ich
doch, daß ein einheitlicher Zug durch alle ihre Äußerungen hin=
durchgeht, und daß, faßt man alles in einem Bilde zusammen,
eine Individualität von selten scharfer Ausprägung vor unsern
Blicken erscheint, wie sie das Mittelalter nicht ein zweites Mal
hervorgebracht hat. Ich darf nicht hoffen, in allen Einzelheiten
ungetheilte Zustimmung zu finden; aber daß sich wenigstens über
die Grundzüge in nicht zu ferner Zeit eine allgemein anerkannte
Auffassung herausbilden wird und sich durch das Verdienst der
anfangs genannten Forscher heute bereits angebahnt hat, glaube
ich allerdings, und damit würde denn unsere Wissenschaft hier

das Ihre gethan haben. Denn ein zusammenfassendes ethisches
Werthurtheil abzugeben, liegt nicht in ihrer Kompetenz. Ein
solches Urtheil wird in absehbarer Zeit stets mit dem Stand=
punkte des Richtenden schwanken. Wer Friedrich streng mit dem
Maßstabe der christlichen Sittenlehre mißt, muß nothwendig die
allerungünstigste Meinung über ihn gewinnen. Daneben aber
wird es wohl nie an solchen fehlen, die troß alledem in dieser
mächtigen Kampfnatur den Hauch prometheischen Geistes bewun=
dernd spüren.